KB002280

엄마의
엄마의
엄마는
이상해

엄마의 엄마의 엄마는 이상해

헤이란 에세이

사유와공감

3부
그게 사랑이래요

4부
함께 살아가는 중입니다

에필로그

1부

엄마라는 이름

1부 엄마라는 이름

왕할머니와 까먹이 병

주말에 가장 많이 듣는 단어는 단연코 '엄마'다.

아이를 키우는 엄마라서 당연히 듣는 호칭이지만 주말에 듣는 엄마는 평일의 그것과 조금 다르다.

외출하지 않는 주말은 용건 없이 친정으로 마실을 나가는데, 그곳에서 이 단어는 쉴 틈 없이 호출된다. 아이가 나를 부르는 엄마, 내가 부르는 엄마, 나의 엄마가 부르는 엄마까지. 4대가 함께 모인 날은 엄마를 부르는 소리로 가득하다.

그럴 때마다 "무슨 일이야?"라며 세 명의 엄마가 모두 미어캣처럼 얼굴을 내밀기 때문에 호칭 남용은 절대 금지다. 대화하다 보면 그 엄마가 누구 엄마인지 확인하느라 바쁘다.

아이는 엄마가 너무 많이 등장하는 가계도가 익숙하지 않은지 매번 확인하려 묻는다.

"그러니까 왕할머니는 엄마의 엄마의 엄마인 거지?"

나도 손가락을 하나씩 접으며 세어보고 비로소 고개를 끄덕이고 나면, 엄마라는 단어에 질려 기진맥진하고 만다.

식사를 마친 평화로운 오후, 큰 목소리로 누가 엄마를 불렀다. 짜증이 잔뜩 섞인 목소리의 주인은 내 아이였고, 고로 이번에 당첨된 엄마는 나였다.

"엄마, 왕할머니는 진짜 이상해. 했던 말을 또 하고 계속 먹으라고 하구. 내 엄마도 아니면서."

아이는 억울한 사정을 또박또박 읊어 나갔다. 밥을 다 먹으면 과자를 먹어도 된다고 했기에 감자칩을 꺼내 먹고 있었는데 왕할머니가 귤을 먹어라 권했다고 한다. 감자칩을 먹던 중이니 귤은 안 먹어도 괜찮다고 했지만, 할머니가 똑같은걸 다시 묻는 탓에 같은 말로 대답했고, 잠시 후 또 다가와 귤 먹으라는 말을 해서 결국 화가 났다는 것이다.

"그랬구나, 엄마도 그 기분을 알 것 같아."

나는 어떤 말인지 다 안다는 표정으로 아이를 다독였다. 그냥 하는 말이 아니라, 나 또한 '먹어라'로 끝나는 할머니의 잔소리를 수없이 들었다. 어느 악명 높은 오마카세 식당보다 무서운, 먹어도 먹어도 끝나지 않는 지옥의 코스를 알고 있다.

할머니는 본인이 생각하는 VIP에게 특별한 대우를 하기로

유명했다. 결혼을 앞두고 남편이 집에 처음 인사를 오던 날에
도 그랬다. 할머니는 산해진미로 가득한 상을 차려놓고 남편
의 맞은편에 앉아 그의 입에서 숟가락이 빠져나올 때마다 반
찬을 바꿔가며 놓아주었다. 그 순서와 정성은 거절할 수 없을
만큼 치밀하고 정교했다. 남편은 VIP답게, 중요한 코스를 마
치기 위해 소화제 투혼을 발휘하며 살아남았다. 그 뒤로 수년
간 수라상을 받아오다 새로운 VIP인 아이의 탄생으로 자연스
럽게 할머니의 레이더망에서 빠져나올 수 있었다.

　할머니에게 증손녀는 그야말로 보물이었다. 조금도 다쳐서
는 안 되는 고귀한 자손. 증손녀를 처음 만난 할머니의 표정
을 잊을 수 없다. 내가, 그러니까 딸의 딸이 딸을 낳아 데리고
왔는데 그 작은 것이 마치 인형처럼 꼬물거려서, 어쩜 갓난아
기일 적 너와 똑 닮았냐며 나를 한번 쳐다보고는 아기에게서
눈을 떼지 못하는 것이었다.
　분유를 배불리 먹고 잠든 아이를 바라보며, 할머니가 걱정
에 찬 표정으로 '아기가 배고프면 어쩌냐'고 할 때마다 나는
아기의 미래, 즉 새로운 VIP의 탄생을 직감했다. 피할 수 없는

운명이었다. 나는 그것이 할머니가 자신의 사랑을 양껏 표현하는 유일한 방법임을 알고 있었다. 남편도 격하게 동의했다. 할머니가 아기를 아주 많이 사랑한다고.

할머니만의 애정 표현은 오래전부터 시작되었다. 예전부터 할머니는 식구들이 굶는 것을 참지 못해 억척스러울 만큼 매 끼니를 챙겼다. 그녀에게는 가족을 굶기지 않는 것이 가장 중요한 과업이었다. 식구들이 밥 먹기 귀찮아하거나 반찬 투정을 할 때면 으레 옛날이야기를 꺼냈다.

"굶어 죽는 사람들을 못 봐서 저렇게 호강에 겨운 소리를 하지."

할머니는 전쟁에서 겨우 살아남았지만 터전을 잃고 먹을 것이 없어 남에게 구걸하던 먼 옛날의 이야기를 어제 일처럼 말하곤 했다. 매 끼니를 양껏 먹는 것, 남 눈치 보지 않고 남김 없이 먹는 것, 먹을 권리를 잘 누리는 것이 인생의 목표인 것처럼 할머니는 자식들을 부지런히 먹여 키웠다. '배고프지 않은 삶'은 할머니가 이룬 유토피아였다.

● ‖ ▶

　잘 먹이고 잘 먹으며 더 이상 전쟁도 일어나지 않는 순탄한 삶을 살던 어느 날, 할머니는 말했다.

　"전쟁이 났어. 쌀이 없어."

　영문을 알 수 없는 전쟁의 의미가 할머니를 평생 괴롭혀 온 가난과의 투쟁이라는 걸 알게 된 날, 자식들이 가엾어 울고 있는 나의 할머니는 치매라는 아주 고약한 감기에 걸렸다. 했던 얘기를 또 하고 먹은 음식을 권하고 또 권했다. 눈앞에 산해진미를 차려 놓아도 남편이 옆에서 음식을 맛있게 먹어도 할머니는, 가난과 굶주림이 늘 두려웠던 어미는, 자신의 새끼들이 잘 먹고 잘살고 있다는 걸 믿지 않았다.

　자식들이 기억하는 맛있는 순간 속에는 늘 엄마가, 엄마의 엄마가 있었지만, 정작 그녀의 기억 속에서 자식들은 언제나 배가 고팠다. 유토피아의 뒷면에 자리 잡고 있던 지독한 트라우마였다.

　"왕할머니가 사실은 마음이 아파서 그래."

"마음이 어떻게 아픈 거야?"

"까먹이 병. 얘기하고 돌아서면 까먹는 마음의 병. 마음에만 달라붙는 병균이 있는데 할머니의 기억을 갉아먹고 사는 거지."

"그럼 몸도 아픈 거야?"

"다행히도 몸을 아프게 하진 않아."

"그럼, 뭐, 감기 걸린 거랑 비슷한 거네?"

아이에게 할머니의 병을 어떻게 설명해야 할지 몰라서 내 마음대로 이름을 붙이고 말았다. '까먹이 병'이라니. 말을 들어도 말을 해놓고도 까먹으니 얼추 비슷하게 엉터리 작명을 저지르고 얼버무렸지만, 마음을 까먹는다고 말하는 순간 입술을 꽉 깨물었다. 할머니는 평생 새끼들 먹이느라 정작 본인은 다 내어주고 남은, 텅 빈 낡은 마음만 덜렁덜렁 붙잡고 있는 것 같았다.

심각한 내 마음을 알 리가 없는 아이는 왕할머니도 감기 주사를 맞고 약을 먹어야 한다며 잔소리를 늘어놓았다. 귀가 어두운 노인 곁에서 한참 의사 행세를 하더니 내게 쪼르르 와서 귓속말을 했다.

"엄마, 감기는 잘 먹고 잘 자면 고칠 수 있대. 걱정 마."

아이의 말에 고개를 끄덕이며 애써 웃어보았다. 감기라고 말하니 치매라고 부르던 느낌보다 훨씬 가벼웠다.

나아질 리 없는 고된 병임을 알고 있지만, 할머니 곁을 끝까지 지키고 싶다. 감기 같은 것이니 잘 먹고 잘 자면 고칠 수 있다는 아이의 말을 꽉 붙들어 본다. 지독한 계절이 끝날 때 이 감기도 끝나겠지. 아이의 말이 계절의 한가운데에 서 있는 나를 다독인다.

"엄마, 엄마의 엄마의 엄마는 괜찮을 거야."

1부 엄마라는 이름

✛

욕 나와라, 뚝딱

두두두두두두.

조용하지 않은 도시에서 유일하게 고요한 공간인 우리 집 거실에 핸드폰이 요란하게 노크를 해댔다. 발신인은 엄마였다. 엄마의 전화임을 확인한 순간부터 흐느끼는 듯한 진동 소리는 점점 크게 들려왔다.

좀처럼 전화를 하지 않는 엄마였다. 아주 급한 일이 아니고는 전화할 일이 없었다. 안부가 궁금하면 직접 얼굴을 보며 물었고, 용건이 있을 때만 간단히 주고받는 통화가 전부였기에 엄마와 나는 무소식이 익숙했다.

그런 우리 사이에 어느 날부터 안부를 묻는 절차가 생겼다. 간단한 용건이 아닌 '별일'은 대부분 할머니에 관한 일이었다. 시시콜콜한 대화를 하자고 전화를 할 리 없는 엄마가 매일 전화를 걸어왔다.

이번에도 엄마 목소리가 심상치 않았다.
"요즘 조용하다가 갑자기 또 그러신다. 왜 그렇게 뿔이 나신 건지 모르겠다, 정말."

이번 용건의 주인공도 어김없이 할머니였다. 어제도 그제도 계속 할머니 덕분에 엄마와 통화를 했다. 할머니의 치매를 알고 난 뒤부터 엄마와의 통화기록이 부쩍 늘었다.

우리의 대화는 할머니의 지병을 해결하려는 명확한 용건에서 시작했다. 그러나 할머니의 증상이 복잡하고 심각해지자, 용건만 간단히 말하고 끝내던 대화는 하소연과 한숨이 섞인 채 길어졌고 때때로 깊이를 알 수 없는 공포와 상상에 빠져들기도 했다. 해결책을 찾지 못한 우리는 두려움을 잔뜩 삼킨 걱정인형처럼, 너무 걱정하지 말라며 전화를 붙잡고 때때로 그러다 조금 더 빈번히 서로의 안부를 물었다.

한순간에 달라진 할머니의 안부와 돌발 상황들이 익숙하지 않은 모든 것들의 안부를 묻게 했다. 치매라는 녀석의 안부도 물었다. 알면 알수록 아는 게 하나도 없는 몹쓸 병에게 먼저 다가가야 했다. 심드렁한 표정을 짓고 있는 할머니에게 되돌아오는 답이 없을 걸 알면서도 묻고 또 물어야 했다.
묵묵부답의 날들에 묻는 안부는 메아리가 없어 지루했다.

할머니는 '더는 묻지 마시오'라고 써 붙인 것처럼 입을 꾹 다문 채 앉아 있었다. 그 모습을 보며 무응답도 어찌 보면 무소식과 비슷하다고 위안을 삼기도 했다. 무소식이 희소식이라는데 무응답도 좋은 응답 아닐까, 하며 애써 웃었다.

한밤중에 핸드폰 진동 소리가 울리면 혹시라도 할머니가 번지수를 헷갈린 저승사자를 냉큼 쫓아간 건 아닐까 가슴이 철렁했다. 그러나 이번에는 무슨 사정인지 단단히 뿔이 난 도깨비처럼 안하무인으로 굴어서 저승사자도 무정차 통과했을 터, 이제는 저승사자가 아니라 도깨비가 문제인 거다.

도깨비가 오는 날이면 할머니는 천하를 다 잡아먹을 것 같은 목소리로 아주 몹쓸 놈이 있다며 가슴을 치고 욕을 하며 소리를 질렀다. 여기서 놀랄 포인트는 두 가지다.

첫째, 불과 몇 분 전만 해도 마음 편안히 있던 분이 좀비 바이러스에 감염된 것처럼 눈빛이 돌변하며 어떤 사람도 밀쳐버리게 하는 무시무시한 괴력.

할머니, 제발 그만 하세요. 어머님, 그러다 다치세요.

온 식구가 할머니를 말려보지만 나와 동생은 수십 년간 단련된 주부의 어깨 근육에 당황하여 옆으로 튕기며 아웃, 엄마는 힘 한번 써보지도 못하고 주저앉아 아웃, 아빠는 장모님을 밀지도 당기지도 못한 채 차가운 욕에 얼어붙어 아웃. 대적할 상대가 없을 때까지 잔뜩 힘을 실은 채 온몸으로 분노를 토해 내고 나서야 도깨비는 힘이 빠진 할머니를 놓아주었다.

두 번째 포인트는, 평생 들은 적도 입에 담아본 적도 없을 신박하고 자극적인 욕을 삽시간에 출력해 내는 신통한 어휘력이다.

'오물에 빠져 죽어도 시원찮다', '물에 코 박고 죽을 놈', '뒷구녕으로 집 팔아먹을 놈' 등등. 근거 없고 출처 없는 몹쓸 놈들이 등장하는데 욕먹는 사람은 도무지 영문을 알 수 없다.

오늘의 몹쓸 놈은 아빠였다. 지난번에도, 그전에도 몹쓸 놈은 아빠였다. 할머니는 아빠가 이 집을 팔아 혼자 잘 먹고 잘 살려고 나쁜 수를 썼다며 한참 욕을 늘어놓았다. 잠깐 끓어오르는 화에 못 이겨 내뱉는 욕이 아닌, 긴 서사를 품은 분노와 원망이었다.

말수가 없어 수다를 즐기지 않았던 할머니가, 이러쿵저러쿵

뒷얘기 하는 건 더더욱 싫어했던 할머니가, 없는 이야기를 지어 내 애꿎은 사람을 빌런으로 만드는 재주를 가지고 있었다니….

아빠는 할머니가 감정을 많이 숨기며 살았던 게 아니냐며 되레 안쓰러워했다.

지독하게 화려한 욕을 털고 나면 할머니는 다시 말수가 적고 내색할 줄 모르는 수줍은 노인이 되었다. 돌아온 할머니는 미움이라는 단어를 쓸 줄 모르는 사람처럼 보였다.

할머니가 아빠를 향해 욕을 내뿜던 날, 아빠는 서운했고, 엄마는 황당했고, 나는 궁금했다. 수십 년 동안 한 번도 드러나지 않았던 저 분노는 무엇일까. 미움이 없던 집에 나타난 성난 마음은 내가 알던 할머니의 모습보다 더 단단하고 거칠었다. 어디서 돋아난 가시일까.

이토록 노골적으로 날이 선 속내를 마주하니 그동안 내가 보냈던 못마땅한 눈빛과도, 옆에서 몰래 본 할머니의 눈물과도 좀 다르게 생긴 걸 알아차릴 수 있었다. 일그러진 탁한 색깔일 줄 알았던 미움은 빛이나 말로 담아내기 힘든 미묘하고 복잡한 퍼즐 같아서, 사실은 아주 깊이 숨겨놓은 이야기 조각일지도 모른다는 생각이 들었다.

자기만 풀 수 있고 바꿀 수 있는 이야기. 그것이 투명하다면, 설명이 붙어 있다면, 출처가 적혀 있다면, 기꺼이 같이 퍼즐을 풀 수 있을 텐데.

미움이 없던 날들을 그리워하고 불투명한 할머니의 미움을 원망하지만, 어쩌면 미움이 없었다고 믿는 내 마음이 그 뾰족한 감정들의 출처일지도 모르겠다.

할머니의 퍼즐 맞추기는 여전히 진행 중이다. 치매와 망상의 산물은 날이 갈수록 거칠고 매서워졌지만 어떤 미움도 주인이 있고 그만한 사정이 있다는 사실을 이해하는 건, 서로의 안부를 묻고 미움을 미워하지 않으면서 도깨비를 마주하는 방식이 되었다.

적어도 미움이라는 도깨비가 있는 한, 저승사자는 오지 않을 것이니 안심이다.

'오늘 네 빠져 죽어도 시원챦다',
'물에 코 박고 죽을 놈', '뒷구녕으로 장 팔아먹을 놈' 등등.
근거 있고 출처 있는 욕쓸 놈들이 등장하는데 욕먹는 사람은
도무지 영문을 알 수 없다.
오늘의 욕쓸 놈은 아빠였다.

1부 엄마라는 이름

⊕

할머니 = (?)

"도대체 치매가 뭡니까?"

할머니가 치매를 진단받기 전 어느 날이었다.

가정의학과 진료실에서 아빠는 앉아있던 의자를 바짝 끌어당겼다. 원래는 아빠의 고혈압약을 처방받으러 왔지만, 혈압얘기는 쏙 빼고 그 대신 '치매', 그 불편한 단어만 연실 입에 올렸다.

그동안 할머니가 들을까 봐 치매 대신 '그거' 혹은 '머리 아픈 병' 따위로 단어를 골랐던 아빠는, 지금이야말로 속 시원히 할머니의 만행을 고자질하고 까닭을 물을 수 있는 절호의 기회다 싶었는지 할머니의 증상을 빠르게 나열했다.

"혼자 이상한 말씀을 하시고, 갑자기 우시거나 심한 욕을 하기도 하고, 급기야 밤에 혼자 나가서 엉뚱한 사람을 찾기도 하세요. 치매 맞지요?"

단골 환자의 다급한 질문에 의사는 할머니가 언제부터 그랬는지 물었다. 이렇다 저렇다 하는 중간에 어느 단어는 한번 더 꼬집어 캐묻기도 하고 고개를 저었다가 또다시 서너 번

끄덕이더니 비로소 꺼낸 말은 이랬다.

"지난번에 뵈었을 땐 전혀 그러지 않으셨는데, 꽤 진행된 것 같네요."

그는 우리 가족을 수년간 진료해 온 동네 주치의였다. 병원에서, 길에서, 동네 마트에서 만났던 할머니의 모습을 기억하고 있었다. 타고난 체질이 좋다며 할머니의 혈관과 위장 나이가 삼사십 대 청년과 견줄 정도라고 칭찬하던 게 불과 일이 년 전이었다. 그는 할머니에겐 아무 잘못이 없다며 그저 세월을 원망했다.

그러나 그는 할머니와의 다정했던 기억은 잠시 접어 두고 의사의 입장에서 치매에 대해 또박또박 일러주기 시작했다. 그의 말에 따르면 안타깝게도 치매는 간단하게 치료할 수 있는 질환이 아니었다. 적어도 직접 대면 진료를 하고 정확하게 진단해야만 다방면의 치료가 가능한 것이었다. 그는 지금 설명한 증상들은 전형적인 치매 증상이 맞지만, 치매의 원인은 한 가지가 아니며 양상 또한 개인 편차가 있어 단정 지을 수 없다고 하면서 비대면으로는 치매 진단도, 약 처방도 해드릴 수 없으니 환자가 직접 와야 한다고 결론을 내렸다.

아빠는 곧바로 장모님을 모시고 오겠다며 서둘러 병원을 나왔다. 우리의 할 일은 명확하고 간단했다. 지체할 필요 없이 일단 할머니를 병원에 모시고 가면 되는 것이었다. 여기까진 좋았다.

"할머니, 우리 병원 가요. 검진 끝내고 같이 맛있는 것도 먹으러 가요."

"싫어. 안 나갈 거야."

할머니는 병원이라는 단어에 눈을 크게 뜨더니 이내 질끈 감아 버렸다. 사실 할머니는 외출하고 들어온 아빠를 유심히 쳐다보고 있었다. 불길한 예감은 틀린 적이 없다. 병원에 가자, 안 간다, 가야 한다, 실랑이를 벌이다 할머니는 돌연 아빠를 노려보더니 효자손을 집어 힘껏 내리치며 고래고래 소리를 질렀다.

"가긴 어딜 가. 저놈이 그러라 했어? 어떻게 나를 죽이려고 병원까지 데려가려고, 응? 너희들이나 가. 괘씸한 놈."

어떤 일이든 단계가 있다. 문턱을 넘어야 했다. 할머니를 병원에 모시고 가야만 했다.

옛날 옛적에는 누가 아프면 깊은 산골을 뒤지고 또 뒤져 약초를 캐다가 병이 나았다고 하던데. 소설 속에는 동네마다 알게 모르게 사람 살리는 영험한 재주를 가진 명의가 하나쯤은 있던데…. 이래서 사람들이 방법이 없을 때 굿을 하고 개똥도 바르고 온갖 대체 의학을 찾나 보다.

속사정이 훤히 들여다보이는 토박이들의 아파트에서는 약초는커녕 재야의 의술가를 만나려면 다시 태어나는 게 빠를 것이고, 2분만 걸어 나가면 병원 간판이 가득한 근린 상가가 보이는 풍경은 그림의 떡인 듯 좀처럼 우리를 위해 움직여 주지 않았다. 코앞에 병원이 있어도 갈 수가 없어 답답한 마음에 나는 빈 종이를 펼쳐 물음표를 쏟아냈다.

할머니 = 환자 = 치매?

할머니는 어쩌다가 이렇게 되었을까. 어디서부터 잘못된 걸까. 노트에 치매와 연관된 키워드를 적었다. 관련이 있는 단어를 연결하다 보면 답이 나올 거라는 기대였다. 나는 치매를 다룬 책이나 전문가들의 조언을 찾아 읽고 비슷한 증상들을 검색하며 객관적이고 과학적으로 할머니를, 치매 환자를 이해하길 기대했다.

치매. 도대체 그게 무엇이냐고.

답이 보이지 않는 어둠 속을 걷듯 어떤 힌트도 없이, 어떤 답도 찾지 못한 채 무작정 묻고 또 물었다. 밉지만 포기할 수 없는 질문이었다.

대한치매학회에서 말하길, 치매는 사람의 지적 능력과 사회적 활동을 할 수 있는 능력의 소실을 말하며, 어떤 사람의 일상생활에 장애를 가져올 정도로 충분히 심한 상태를 일컫는 질환이었다. 전조 증상을 알아채고 치매 가능성을 인정하는 것이 가장 중요한 치료의 시작이라고도 쓰여 있었다.

그런데 전조 증상이 매우 자주 발생하거나 눈에 띌 만큼 확연히 표시가 나면 바로 의심을 하겠지만, 그렇지 않은 경우라면 대부분 본인 혹은 가족의 치매를 알기 어려웠다. 게다가 전조 증상은 혈압이나 혈당과 같이 수치화되거나 피부 염증처럼 시각적으로 확연한 신호를 주는 대신, 성격 변화, 학습능력의 저하, 가벼운 인지장애, 망상, 우울 등 유심히 지켜봐야 알 수 있는, 어쩌면 모를 수밖에 없는 모습을 하고 있었다. 내가 흔히 떠올렸던 치매의 모습처럼, 현관문 번호를 까먹고 가족들의 얼굴을 알아보지 못하는 기억상실, 아이처럼 울거나 벽에 그림을 그리는 일상 능력의 저하는 그저 치매가 가진 증상들 일부에 지나지 않았다.

그렇게 일반인이 알아야 하는 치매에 대한 상식을 읽어 내려가던 나는 마지막 문장에서 시선을 멈췄다.

– 치매는 장애에 속하며 정상적인 노화의 과정 일부에 속하지 않는다.

순간, 혼자 거실에 앉아 시간을 보내던 할머니의 모습들이 스쳐 지나갔다. 나는 누구나 나이가 들면 우두커니 여생을 보내는 게 당연하다고, 그게 정상이라고 믿었던 어리석은 순간을 되짚기 시작했다. 되감아 본 기억 속의 할머니는 괜찮아

보였다. 하지만 할머니는 늘 무언가 가슴 속에 품고 있었다. 남몰래 모아 놓은 아픔 보따리였다. 할머니는 보따리 속에 꽁꽁 싸매놓은 기억을 찾으러 시간을 거슬러 올랐다. 할머니는 꽤 오랫동안 그 기억에 머물렀고, 우리는 그런 할머니의 모습을 보며 당연하다고 믿었다.

알면 알수록 감당하기 어려운 죄책감이 들었다. 할머니를 돌보지 않았던 그때를 떠올리며, 서서히 치매가 시작된다는 말에 괜히 꼬투리를 잡고 싶었다. 그것이 서서히 올 때 너무 얌전히, 은밀하게 들어온 게 미웠다. 조금만 일찍 알았더라면, 할머니와 손을 잡고 진작 병원에 갔더라면, 우리는 이 문턱을 넘었을 텐데.

그러다 서서히 오는 병을 막을 도리는 없었을 거라고 고개를 저었다.

할머니가 이웃 어르신들이 '똥오줌 못 가리고 저세상 갔다'며, 소위 '노망'나서 떠났다고 말하던 게 떠올랐다.

노망. 사람들은 할머니와 우리 가족들이 겪고 있는 치매를 그렇게 불렀다. 막상 노망이라고 말하니, 가벼운 대화 중에 별 뜻 없이 '미쳤다', '정신 나갔다', '돌았다' 하며 쉽게 내뱉은 말들이 마치 예리한 칼끝처럼 나를 노려보는 것 같았다. 그것들은 이렇게 말했다.

'모든 것이 네가 뿌린 저주였고 슬픔은 할머니의 몫이었어.'

● ⏸ ▶

할머니는 지금 어느 기억에 멈춰 있을까.

핸드폰을 만지작거리다 문득 사진첩을 클릭했다. 수년간의 일상을 담고 있는 사진 폴더를 열었다. 맛집에서 찍은 사진부터 아이 사진까지, 생각날 때마다 자연스럽게 기록해 둔 순간들이었다. 할머니의 모습이 어땠는지 궁금해서 사진들을 넘겨보았지만, 할머니를 찍은 사진을 찾는 건 쉽지 않았다.

한참을 내리다 5년 전 생일 파티를 하며 찍은 가족사진 한 장이 눈에 들어왔다.

식구가 모여 앉은 가운데 할머니와 아이가 촛불을 끄고 있었다. 아이가 왕할머니 생신 케이크의 촛불을 자기가 끄겠다고 조른 모양이었다. 아이는 입술을 둥글게 내밀고 있었고, 할머니는 그런 아이를 품에 안고 두 눈 가득 담고 있었다. 그 한 컷이 우리의 시간을 담고 있었다.

수백 장의 사진 속에서 찾은 할머니는 미소를 지으며 그 시간에 담겨 있었고, 그 사진은 서서히 시간이 흐른 지금 나의 폴더에 남은 유일한 할머니의 모습이었다.

어쩌면 수없이 힌트를 주었는지도 모를 시간. 할머니의 치매가 언제 시작되었는지는 중요하지 않았다. 오랜 시간 할머니가 나의 일상에서 지워졌다는 사실과 아직 한 장의 사진이 남아 있다는 사실이 내가 쓰고 또 쓰던 질문들이 기다리던 대답에 가까워 보였다.

나는 치매가 무엇인지 더 묻고 싶지 않았다. 그저 할머니의 다음 사진이 궁금했다. 눅눅해진 노트에 적었던 단어 위에 줄을 긋고 새 낱말을 적었다.

할머니 = 환자 = 치매? 나의 할머니

1부 엄마라는 이름

온실 속의 난초

'온실 속의 화초'라는 말이 있다.

풍족한 환경에서 사랑만 받고 자란 사람을 비유하는 말이다. 넘치는 행복에 겨워 거친 세상 풍파를 견딜 준비가 안 된 사람을 볼 때 떠올리는 말이기도 하다.

이 말에는 온실이 따뜻하고 아늑하니 화초가 살기에 좋다는 전제가 깔려 있다. 이를테면 경제적 혹은 시간적 여유가 있어 한가한 일상을 보내는 사람들이 화초이고, 그들의 집이 온실이다. 나는 온실 밖에서 그들을 보며 온기를 상상하고 편안한 하루를 부러워했다.

가까운 주변에도 온실 속 화초가 있다.

햇살이 드리우는 넓은 거실이 있는 정남향 아파트에 수십 년이 넘도록 온실을 지켜 온 사람이 있다. 어떤 날은 고양이같이 웅크리고 앉아 온종일 잠만 자고, 어떤 날은 매미처럼 엉엉 울며 한을 풀어내는 그녀였지만, 조금 멀리 떨어져 지켜보면 짧지 않은 날들 동안 홀로 고독하고 조용한 자태가 영락없는 난초였다.

한 떨기 난초는 평온한 그곳을 좋아하는 게 틀림없어서, 나는 세찬 비바람이 불고 여름을 견디지 못한 목마른 땅이 갈라질 때마다 온실 속에 사니 얼마나 다행이냐고 말해주곤 했다. 그 말에 알 수 없는 표정을 짓는 건 상전벽해의 요즘 세상을 그녀가 잘 모르기 때문이라고 여겼다.

　그녀가 팔십 번째 생일을 맞은 날, 사람들은 무병장수를 기원하며 축하주를 건넸다. 살 만큼 살았는데 이제 죽어야지. 새빨간 거짓말인 걸 알지만 자식들은 무슨 그런 말씀을 하냐며 쪼르르 다가와 그녀의 손을 잡았다. 그런데도 그녀는 한사코 아니라고, 자기는 살 만큼 살았다고 몇 번 더 거짓부렁을 했다.

　거짓말은 금방 드러난다. 죽기 전에 고향 땅에 가면 소원이 없겠다고 말하는 순간부터.

● ‖ ▶

　그녀의 고향은 강원도의 어느 평화로운 마을이다. 강원도라고 하면 고속도로를 타고 두 시간이면 거뜬히 간다고 생각하겠지만, 그녀가 태어난 1920년대의 강원도는 갓 업데이트한 내비게이션으로도 주소를 찾을 수 없다.

강원도는 본래 금강산 자락을 거슬러 한반도의 허리인 원산까지 아우를 만큼 넓었으나 남북의 분단으로 위아래로 나뉘었다. 우리가 닿을 수 있는 곳은 가까스로 휴전선이 스치고 지나간, 고향의 남쪽 이웃 마을뿐이었다.

강원도 '그곳'은 그녀가 지도를 보며 여기쯤일 거라고 손으로 가리키는 어딘가였다. 죽기 전에 그곳에 가고 싶다는 소원은, 어서 죽어야 한다는 그녀를 거짓말쟁이로 만들었다. 구십 번째 생일을 지나 지금까지도.

우리는 탈북민들이 방송에 나와 그들의 고향과 어린 시절을 이야기하는 것을 보고 있었다. 녹두와 감자로 전과 국수를 만들어 먹는 장면이 나오자, 할머니는 고개를 빼며 저 사람들이 누구냐고 물었다.

할머니는 고개를 갸우뚱하더니 혼자만 들리는 목소리에 대고, 걔는 죽었대, 걔는 살았대, 얼른 가서 먹으라고 해, 들어 본 적 없는 이름들을 들려주며 안부를 전했다.

대화가 끝났을 때 그녀의 눈시울이 붉어져 있었다. 손수건을 찾아서 갖다 드렸지만 이미 손바닥으로 문지른 얼굴은 언제 그랬냐는 듯한 표정이었고 두 눈은 평온했다. 할머니는 눈물샘마저 고향에 두고 온 것처럼 보였다.

한 잎 난초 같은 그녀가, 처음 뿌리를 내렸던 서식지에서 맡았던 향기를 다시 느끼며 그 자리에 주저앉아 펑펑 울 수 있다면 어땠을까. 온실 속 고독한 난초가 아니라, 말투가 비슷한 잎사귀들과 나풀나풀 수다를 나누며 자라는 야생초라면 더 좋았을까.

죽음보다 간절한 소원도 고약한 마음의 감기를 감당하기엔 역부족이었는지, 제어할 수 없는 기억에 갇혀 '고향이 어디세요'라고 물어도 대답이 없는 난초는 그저 북쪽만 바라본다.

세대를 거쳐 온실을 새싹으로 채우며 그리움을 달래던 그녀는 더 이상 햇살이 드리운 남향의 자리에 눕지 않는다. 난초는 색이 바래 본래의 모습을 잃었고 그 자리에 서리를 맞고 자란 억센 풀잎이 줄기를 드러냈다. 겨우내 땅이 얼어붙어도 감자를 심고 고사리를 심던, 고향 땅 냄새를 좋아하는 억척스럽고 뼈가 앙상했던 한 소녀를 닮은 풀잎이었다.

그녀가 했던 말들을 더듬어 본다. 그녀가 먹던 음식을 떠올린다. 그녀가 부르던 노래를 찾아본다. 그녀가 살았던 곳을 상상해 본다. 그곳에 난초가 아닌 이름 모를 야생초를 심고 싶다. '살 만큼 살았으니 이제 죽어야지' 하는 뻔한 거짓말 대신, 활짝 웃으며 이제 죽어도 소원이 없다는 말을 듣고 싶다.

그녀의 기억들에 묻고 싶다. 그녀가 살던 고향의 이름을.

강원도 '그곳'은 그녀가 지도를 보며 여기쯤일 거라고 손으로
가리키는 어딘가였다. 죽기 전에 그곳에 가고 싶다는 소원을
어서 죽어야 한다는 그녀를 거짓말쟁이로 만들었다.
구십 번째 생일을 지나 지금까지도.

1부 엄마라는 이름

좋아한다고 말할 용기

우리 집 가훈은 근면, 성실, 정직이었다. 그중에서도 제일은 정직이어서, 세 덕목이 충돌하는 상황이라면 정직하기를 선택하곤 했다.

대부분 거짓말은 안 하는 것보다 하는 게 더 어려웠다. 사정이 있어 진실을 덮기 위해 거짓을 말해도 이내 진실은 드러났다. 다른 잘못을 저지를 때보다 거짓을 들키면 가중 처벌을 받고 신뢰까지 잃으니 감수해야 할 위험이 너무 컸다. 감춰야 할 진실이 불편할수록 거짓말의 난이도는 더 높아졌다.

진실은 불편하고 거짓은 어려울 때, 나는 차라리 진실을 드러내지 않는 편을 택했다. 애초에 발설하지 않음으로써 불편한 진실을 원망하지 않아도 되는 것. 필요에 따라 나는 그것을 정직이라고 정의했다.

그런 정직에도 자격 요건이 있다. 새하얀 진실, 가공되지 않은 사실과 다르게 정직은 '척해야 할 때 척'하는 포커페이스를 요구한다. 또한 거짓과 거짓 아닌 것들을 구분하고 그것들을 드러내지 않는 데 필요한 기억력과 일관성, 맥락에 대한 이해가 필요하다. 정직이란 단순히 말을 하지 않는 게 아니라, 할 수 있는 말과 아닌 말을 구분하고 추려내는 고도의 작업인 셈이다.

나는 너무 날것의 정직이 가진 민낯을 기억한다. 특히 원초적이면서 사소한 대상 앞에서 정제되지 않은 솔직함은 진실을 위협했다. 먹고 자는 행위와 같은, 너무 기본적이어서 각자가 마땅히 존중받아야 할 자리에서는 더욱 그랬다. 우리 가족의 식사 자리도 그중 하나였다.

가풍 있는 집안답게 우리 가족은 모두 정직했다. 특히 밥상에서 정직하지 않은 건 죄악이었다. 정성껏 차린 음식 앞에서 할아버지는 고기반찬을 모두 자기 앞으로 갖다 놓고 먼저 식사를 시작하곤 했다. 식구들 밥과 국을 챙기고 나서야 수저를 드는 할머니에게는 어떤 찬사도 없었다. 섭식과 소화에만 충실했던 할아버지는 숟가락을 내려놓는 순간 모든 진실을 끌어모아 한마디를 내뱉고 자리를 떠났다.

"맛대가리 없네."

할머니는 그런 할아버지의 뒤통수에 대고 소리를 질렀다.

"고기만 축내는 유치한 영감. 빨리 황천길이나 가라."

할아버지의 진실, 그리고 할머니의 사실은 필터를 거칠 틈도 없이 뒤섞였다. 거친 모래를 씹는 듯 성난 저작 소리만 남은 채, 서로를 겨냥한 말들은 아무에게도 닿지 못했다. 텅 빈 대화는 하얗게 질린 채 집 안에 고요하게 울려 퍼졌다.

그 순간 가훈 비슷한 것이 귓가에 같이 들리는 것 같았다. 그럴 때마다 나는 정직의 자격 요건을 떠올리며 궁서체로 적힌 가훈 옆에 괄호를 넣어 정직의 진짜 뜻을 적어야 하는 게 아닌지 고민했다. 우리 집에서 정직이란, 그 올곧은 이름처럼 날카롭게 날을 세운 채 미운 말을 퍼붓는 거라고.

듣기 싫었다. 고개를 빳빳하게 들고 모질게 내미는 말들이. 쓸데없이 집안을 떠돌아다니던 마음에 없는 소리가.

시간이 흘러 할아버지가 없는 세상이 되었다. 할아버지가 앉던 자리는 내가 앉거나 동생이 앉았다. 습관적으로 할머니는 그 자리에 일품요리나 고기반찬을 놓았다. 우리는 왕좌를 다투는 형제의 난을 벌이며 '내 것은 내 것, 네 것도 내 것'이라고 우겨댔다. 우리가 싸울 때마다 할머니는 반찬을 사이좋게 둘로 나눠 주었다.

　반찬 그릇들은 항상 우리 앞에만 줄지어 서 있었다. 때때로 할머니 앞으로 반찬을 갖다 놓았지만, 그러면 할머니는 다시 우리 밥그릇 앞으로 돌려놓았다. 나는 할머니가 편식하는 건가 싶어 물었다.

　"할머니는 무슨 반찬이 좋아?"

　할머니는 밥이나 부지런히 먹으라며, 자기는 좋아하는 음식 같은 건 없다고 했다. 편식은 아니지만 음식을 좋아하지 않는다는 대답이 개운하게 들리지 않아, 며칠 후에 또 묻고 몇 년 후에 또 물어보았다. 하지만 대답은 늘 같았다.

　진실을 향한 물음표는 대를 이어서, 나의 아이도 왕할머니에게 똑같은 질문을 하게 됐다.

　"왕할머니는 무슨 음식을 좋아해요?"

점심을 준비하던 나에게 아이가 신나서 달려왔다.

"엄마, 오늘 짜장면 먹는 거지?"

"무슨 짜장면?"

"왕할머니가 짜장면 온다고 했어."

나는 아이에게 되물었다.

"왕할머니가 짜장면 먹고 싶다고 그러셨어?"

"아니, 그냥 내가 좋아하는 짜장면이 오는 중이라고 했어.
점심에 짜장면 먹는 거 맞지?"

아이는 또박또박 대화를 재연하며 말했다. 왕할머니가 "지
금 짜장면이 오고 있으니 서둘러 먹을 준비를 하라"고 했다고.

어린이날이나 졸업식과 같이 특별한 날에만 사 먹는 음식
이었던 짜장면. 나와 동생 그리고 할머니 이렇게 셋이서 보내
는 어린이날에도 그랬다. 할머니는 짜장면을 곱빼기로 시킨
뒤, 나와 동생에게 대부분을 덜어주고 남은 대접에 찬밥을 넣
어 짜장밥을 만들었다. 어릴 때 즐겨 부르던 노래 가사 속 '어

머니'가 '짜장면이 싫다'고 하셨듯이, 나의 할머니도 '짜장면을 별로 좋아하지 않아서' 밥을 넣어 비벼 먹는다고 말했다.

그때만 해도 할머니는 철갑을 두른 듯 강한 어미의 표정을 흔들림 없이 유지하며 곱빼기 하나로 세 명의 끼니를 해결했다. 그래서 어머니는 짜장면이 싫다고 하셨다는 그 노래를 들을 때마다, 거짓말을 듣고도 귀를 닫은 것 같은 불편함을 느꼈다. 우리 할머니는 진짜로 짜장면을 싫어해서 그런 거라고 믿으려 애썼다. 딱히 좋아하는 음식은 없고 원래 짜장면도 싫어하는 할머니라고.

정직이 제일 덕목인 집안에서 할머니가 쏘아 올린 거짓은 농담으로 끝나지 않았다. 아이는 짜장면이 언제 오는지, 왜 엄마와 왕할머니의 말이 다른 건지, 나를 졸졸 따라다니며 따져 물었다. 나는 아이에게 왕할머니는 짜장면을 별로 좋아하시지 않고 네가 좋아할 것 같아서 농담 삼아 말씀하신 거라고 우겼지만, 아이는 속상해서 울기 시작했다.

"왕할머니는 거짓말쟁이!"

"어마나, 우리 꼬마 우냐? 네가 아가를 울렸냐?"

할머니는 이 사태를 멀뚱히 쳐다보며 내게 따져 물었다. 나는 가만히 상황을 되짚고는 어떤 대꾸도 하지 않기로 했다.

오늘도 몹쓸 까먹이 병이 범인이로군.

아이는 할머니 앞에 서서 양손을 허리에 짚고 "왕할머니 거짓말쟁이"라고 시위 아닌 시위를 벌이는데, 할머니는 고개를 돌린 채 허공의 누군가와 긴히 대화를 나눌 뿐이었다.

알 수 없는 목소리하고만 이야기하던 할머니가 갑자기 이렇게 말하는 게 아닌가.

"짜장면은 아직 안 왔냐."

나는 이번엔 기필코 진실을 밝히리라 결심했다. 할머니와 짜장면 사이의 진실, 그리고 할머니의 진심을.

나는 하던 요리를 멈추고, 식구들에게 오늘은 짜장면 먹는 날이라고 선포했다. 논란의 중심에 있는 할머니 몫은 특별히 곱빼기로 주문했다.

초인종이 울리자 아이는 짜장면이 왔다고 엉덩이를 실룩거렸고 덩달아 신난 할머니는 오구오구 손뼉을 쳤다. 그러다 당신 앞에 놓인 짜장면 곱빼기를 보더니 양이 많다며 내 그릇에 짜장면을 덜기 시작했다.

"할머니, 저도 이만큼 한 그릇 다 먹을 거예요. 먹을 게 많으니 걱정하지 말고 다 드세요."

"아니야, 이거 먹어."

젓가락에 대롱대롱 매달린 면발은 내 앞으로 왔다가 할머니 앞으로 가기를 반복, 갈 곳을 잃고 헤매더니 결국 아이의 그릇에 담겼다. 좋아하는 음식이 없지만 싫어하는 음식도 없다는 할머니는 면발을 크게 집어 후루룩 소리를 내며 식사에 집중했다. 틈틈이 아이 얼굴에 묻은 짜장 소스를 닦아주며 행여나 양이 부족할까 봐 아이 그릇을 살피기도 했다.

식사를 마친 할머니의 그릇은 남은 것 하나 없이 깨끗했다. 나는 이때다 싶어 할머니에게 물었다.

"할머니는 가장 좋아하는 음식이 뭐예요?"

"좋아하는 음식 같은 거 없어. 그냥 먹는 거지."

할머니는 좀처럼 시원하게 대답을 해주지 않았다. 좋아하는 음식을 좋아한다고 말하지 못하는 사람처럼, '짜장면을 좋아해'라고 말해본 적이 없는 사람처럼.

　짜장면과 할머니의 관계, 그리고 숨겨진 그날의 진실은 여전히 모르겠다. 다만 내가 믿었던 정직의 자격을 수정하기로 했다.
　포커페이스가 아니어도 괜찮다. 타인의 눈치를 살피지 않아도 좋다. 좋아하는 것을 좋아한다고 언제든 말할 수 있는 마음, 정직은 그 마음을 필요로 한다. 시간이 걸려도 좋으니 할머니에게 정직함을 가르쳐 드리기로 했다.

　할머니가 좋아하는 것을 나도 좋아한다고 고백하며, 정직하게.

1부 엄마라는 이름

쓰다듬어 주고 싶다는 생각

만화 카페에서 만화 같은 일을 겪을 확률은 얼마나 될까.

어쩌다 일찍 퇴근하게 된 운수 좋은 날, 집으로 가는 길에 우연히 찾아 들어간 만화 카페는 지금 생각해도 어이없고 엉뚱한 경로 이탈이었다. 평소라면 당연히 집으로 갔겠지만 두 시간 남짓 행운처럼 주어진 시간을 왠지 생뚱맞게 보내고 싶었던 건, 끝까지 운수 좋은 날을 완성하고 싶은 철없는 보상 심리가 작용한 탓이었다. 그때까지만 해도, 이 정도의 일탈로 만화 같은 일이 생길 일은 없을 테니 만화책이나 잘 골라 보자는 생각이었다.

아늑해 보이는 공간에 자리를 잡고 앉았는데 바로 옆에서 무언가 기척이 느껴졌다. 따가운 시선이 느껴져 고개를 돌려 보니 흰 고양이였다.

녀석은 구석에 늘어져 앉아 나를 쳐다보고 있었다. 고양이를 키워본 적도, 키우는 곳에 가본 적도 없는 나는, 살면서 처음으로 초밀착 근거리에서 고양이와 마주하고 있음을 깨달았다.

"얘 물어요?"

나는 두려움을 감추려 카페 직원에게 무식한 질문을 해버렸다.

"물지 않아요. 살살 쓰다듬어도 괜찮아요."

직원은 사랑스럽게 고양이를 바라보며 말했다.

쓰다듬다니. 내가?

나는 고양이를, 아니, 살아있는 대상을 만지는 것을 그리 좋아하지 않았다. 잘 알지 못하는 생물을 만지는 건, 나에겐 두려운 일이고 그들에겐 무례한 일이라고 생각했다. 게다가 나를 빤히 쳐다보는 저 생명체가 도대체 나를 왜 쳐다보는지, 내가 뭘 잘못한 건지, 그가 무엇을 원하는지 도무지 알 수 없으니, 사람이 아닌 생물과 눈을 맞출 때마다 무슨 말을 건네야 할지 어려웠다. 어쩌면 나는 말로 나누는 인사를 제외한 모든 종류의 눈빛과 몸짓의 대화를 어색해하기 때문인지도 모르겠다.

녀석은 몸짓을 멈춘 채 나를 노려보고 있었다. 눈 하나 깜박

거리지 않고 나를 관통하듯 보는 그 눈빛이 마치 '넌 이런 경험이 부족한 사람이로구나'라고 말하는 것 같았다. 녀석의 눈빛에 압도당한 나는 시선을 만화책에 두고 책장만 넘기며 자리를 지켜야 했다.

녀석은 주변을 어슬렁거리다 다시 근처 구석에 자리 잡았다. 팔을 뻗어 상체를 낮추고 엉덩이를 들며 스트레칭 비슷한 걸 하고 또다시 늘어진 자세로 눕더니, 앉은 건지 누운 건지 헷갈리는 자세로 눈을 감았다.

황당한 녀석일세.

나는 녀석을 몰래 쳐다보길 그만두기로 하고 옆에 쌓아 둔 만화책을 읽어 나갔다. 예정된 두 시간이 빠르게 지났다. 오직 나를 위해 보내는 자유 시간이 이렇게 순식간에 지나가서 놀랐고, 그동안 녀석이 정말로 나를 한 번도 물지 않았다는 사실에 또 놀랐다.

며칠 후 다시 카페를 찾았다. 직원이 나를 반기며 말했다.

"이름이 모찌예요. 나이 많은 할머니 고양이예요."

할매 고양이는 눈치가 없는 듯 또 빨라서, 적당히 날 노려보다 자기 자리로 돌아갔다. 나는 녀석을 쳐다보며 중얼거렸다.

난 네가 날 물지 않는다는 걸 알고 있지.

녀석에게 겁먹지 않겠다고 다짐하며 지난번 그 벙커석에 앉았다. 녀석이 뭐 하는지 궁금해 카페 안을 훑어보니 녀석 또한 지난번 구석에서 앉은 건지 누운 건지 헷갈리는 그 자세를 하고 있었다. 눈을 껌벅거리는 걸 보니 또 주무실 모양이었다.

"고양이 좋아하시죠? 냥이도 자기가 사랑받고 있다는 걸 다 안답니다."

직원은 고양이를 쓰다듬어도 괜찮다며 나를 보며 웃었다. 같이 대화를 나누는 동안 직원이 고양이 털을 쓸어내리는 손을 바라보다 나도 모르게 덩달아 녀석의 등을 쓰다듬었다. 고양이는 털이 참 부드럽다는 사실을 알게 되었다.

만화를 읽는 사람들 속에서 할매 고양이는 조금도 흐트러지거나 들뜬 기색이 없었다. 오히려 이야기에 빠져드는 사람들의 표정을 고집스러운 눈빛으로 바라보고, 가만히 곁을 지키다 사람들의 책장 넘기는 소리를 자장가 삼아 잠을 청할 뿐이었다. 어딘가 한결같으면서 답답하지 않은 모습이 유독 낯설지 않았던 것은 내가 잘 아는 그 사람이 생각났기 때문이다.

그 사람도 그랬다. 집에 있길 좋아해서 밖에 나가 사람을 만나기보다는 손님들이 그녀를 만나러 집으로 찾아오는 걸 반겼다. 손님이 오면 '어머나 왔어!' 하고 호들갑을 떠는 여느 사람들과 다르게, 그녀는 눈을 동그랗게 뜬 채 '어쩌다 이렇게 멀리까지 오셨을까?' 하며 자신이 가진 가장 온화한 눈과 옅은 미소로 현관 마중을 하곤 했다.

궁금한 게 많아도 먼저 이것저것 묻거나 서두르지 않고, 잠자코 옆에서 과일을 깎거나 외투 혹은 가방을 주워 걸어주면서 손님들 옆을 부지런히 맴돌았다. '사실은 이런 일이 있었어' 하며 구구절절 긴 이야기가 시작되면 '저런' 하고 손을 두어 번 탁탁 만지고, 다른 사람이 못 보는 사이에 조용히 얼굴을 돌려 눈물을 훔쳤다.

　손님을 보내고 혼자 남을 때면 그녀는 아무 일도 일어나지 않을 것처럼 가만히 앉아 창밖을 바라보았다. 어쩌다 내가 다가가 '할머니 뭐 하세요' 물으면, 먼 산을 바라보며 웅크리고 있던 그녀는 늘, '그냥 있지' 하고 말 뿐.

　그녀는 한 번도 내게 먼저 다가와 학교에서 뭐 했니, 오늘은 뭐 하고 놀았니, 힘든 건 없는지 무슨 일 있진 않은지 묻지 않았다. 그녀와 나 사이에는 그저 무뚝뚝한 문장 몇 개가 전부였다.

　그녀가, 그리고 그녀의 물건들이 구석진 자리에 붙박이처럼 앉아 멈춰버린 기억에만 머물기 시작한 날부터 그녀는 혼자 먼 산을 바라보는 시간이 더 많아졌다. 나와 그녀 사이에 놓인 징검다리 같은 안부의 말들은 미묘하게 변해갔고, 어느 순간부터는 우리가 겨우 주고받던 단출한 문장들마저 떠나버렸다.

원래 그녀는 정이 없는 사람이니 혼자 있는 게 편할 것이라고 생각한 나는 어느 날부터 마치 낯선 동물을 대하듯, 그녀에게 먼저 다가가지 않았고 말을 걸지 않았다.

나와 그녀는 함께 지낸 시간을 아무도 모르는 곳에 넣어둔 채, 대화하는 방법을 잊어가는 중이었다.

고양이 모찌를 만나고 처음 이런 생각을 해봤다. 어쩌면 살아있는 것들과 말을 하지 않고도 대화를 나눌 수 있을 것 같다고. 짧고 단출한 문장만으로도 서로 알아갈 수 있다고. 낯선 것들을 피하지 않고 다시 보듬어 안을 수 있는 것처럼 말이다.

만화 같은 일은 자주 일어나지 않는다. 우연한 경로 이탈로 그간 지나쳐 온, 살아 있는 대상을 다시 만나게 될지 알 수 없다. 내가 주위에 두른 어색한 공백을 걷어내고 채워 넣은 온기로 누구를 껴안을지 알 수 없다.

물론 어떤 것도 채우지 않은 채 계속 무던한 날일 수도 있다.

적어도 고양이를 키우고 싶다는 생각과, 우리 집순이 할매가 모찌를 닮았다는 생각, 도무지 알 수 없는 표정과 고독한 얼굴을 가진 그 사람이 궁금하다는 생각, 그리고 그 사람을 쓰다듬어 주고 싶다는 생각을 하기 전까지는.

"얘 물어요?"

나는 두려움을 감추려 카페 직원에게 무식한 질문을 해버렸다.

"물지 않아요. 살살 쓰다듬어도 괜찮아요."

직원은 사랑스럽게 고양이를 바라보며 말했다.

쓰다듬다니, 내가?

2부

할머니가 있는 집

2부 할머니가 있는 집

어떤 매듭의 역사

"항상 그렇게 접어서 버리시네요? 꼼꼼하시니 살림도 잘하시겠어요."

회사에서 커피믹스를 마시고 봉지를 버리는데 누군가 옆에서 물었다. 내가 방금 무엇을 했는지 전혀 모르겠는데, 뜻밖의 칭찬을 받아 당황했다. 무슨 대꾸라도 하려고 황급히 10초 전으로 기억을 되감았다. 달달한 게 먹고 싶어서 커피믹스를 하나 집었고 컵에 부었다. 그리고 커피믹스 봉지를 길게 반으로 접은 뒤, 쪽지처럼 접어서 버렸다.

아하, 이거였군.

아무리 그래도 살림꾼은 과한 오해라서 바로 고백했다.

"게을러서 잘 치우지도 않는데 간식만 이렇게 열심히 접어서 버려요. 자, 제가 다시 보여 드릴게요."

나는 간식 얘기에 또 주책을 떨면서 커피믹스를 하나 더 개봉하고, 뚝딱거리며 쪽지 매듭을 만들어 보였다. '살림꾼 맞으시네요', '매듭이 정확하네요'라는 괜찮은 피드백을 받았다. 어쨌든 결론은 그렇게 커피를 한 잔 더 타 마셨다는 거다.

아마 '깡'으로 끝나는 과자가 있었다면 재빨리 입에 탈탈 털어 넣고 과자 봉지를 활짝 펼쳐, 길고 가늘게 대여섯 번을 접은 뒤, 쪽지 쌍 매듭까지 보여줬을지도 모른다. 쌍 매듭에 놀랄지, 과자를 순식간에 탈탈 털어 넣어 삼키는 순삭 묘기에 놀랄지, 그건 확실하지 않지만 말이다.

자리에 돌아오고 나니, 불현듯 내가 한 행동이 떠올라 창피함과 민망함이 믹스되기 시작한다. 게다가 커피를 두 잔이나 마셔서 입속이 너무 달았다. 그 와중에 커피를 급하게 섞은 나머지 덜 녹은 조각이 뇌신경을 쿡 찌르며 내게 쏩쓸한 소리를 한다.

살림꾼은 무슨, 주책바가지.

그에 대꾸하듯 생각한다.

그래도 내가 매듭을 좀 곱게 접긴 하지.

나는 지능이 높지 않고 경험 부자도 아닌지라 대부분 지식을 주변에서 습득하는 편이었다. 매듭의 경우, 옷에서 흘러나온 올을 묶는 것에서 시작하여 전기 콘센트 케이블을 칭칭 감는 것 등 부피는 줄이고 최대한 안 보이게 두라는 할머니의 지령에 따라 자연스럽게 고전적 방식을 전수하였다. 그리고 자라나면서 학급 친구의 방식이나 내가 속한 조직 사회의 공용 수칙에 맞게 변형되어 지금의 쪽지 매듭으로 최적화되었다.

지금도 가끔 친정에 놀러 가면 할머니는 아이가 먹고 바닥에 덩그러니 둔 과자 봉지를 주워 말없이 접는다. 깔끔한 살림꾼 할머니. 이렇게 한가롭고 아름다운 장면만 있으면 좋겠지만, 매듭의 역사는 순탄치만은 않았다.

● ‖ ▶

그날도 할머니의 손이 바빴다. 오래간만에 거실에 나와 계시길래 무엇을 하는 중인지 지켜보니, 끈을 왕창 모아 놓고 손질을 하고 있는 것이다. 대부분 택배 포장을 풀고 남은 비닐 끈들이었다. 할머니는 그것들로 매듭을 만들고 있었다.

쓸모 없는 비닐 끈에서 유치원 다니는 아이 발바닥만 한 크기로 매듭 하나가 완성되더니 이미 완성된 다른 것들과 같은 두께와 방식으로 묶였다. 그렇게 할머니는 정성을 들여 완성한 매듭들을 다 모으더니, 거실 구석에 놓인 항아리에 넣었다. 마치 신줏단지를 모시듯 조심스러웠다.

그 모습을 나와 함께 쭉 지켜보던 아이는 할머니가 잠시 다른 곳에 정신을 둘 때 항아리로 다가갔다. 아이는 궁금함을 참지 못하고 항아리에 손을 넣었다. 속을 뒤적거리며 매듭들을 꺼내고, 무슨 생각을 했는지 씩 웃더니 매듭을 풀기 시작했다.

이제 초등 교육을 받기 시작한 새싹들은 원래 그런 걸까. 누가 묶어 놓은 걸 보면 왜 그리 풀고 싶어 하는지. 그러나 연륜으로 돌돌 감아 만든 매듭은 그렇게 쉽게 풀리지 않았다. 낑낑대는 아이를 발견한 할머니는 손사래를 치며 말했다.

"아가, 그거 말고 다른 거 갖고 놀아."

자기 성질처럼 되지 않는 매듭 풀기로 이미 마음이 상했는데 할머니가 모진 소리를 하니, 아이는 원망하듯 말했다.

"왕할머니 때문이야. 나 말 안 들을 거야."

할머니는 그러거나 말거나 대꾸도 없이 매듭을 줍더니 다시 항아리에 담았다. 가뜩이나 귀가 어두워 눈을 마주치지 않으면 거의 듣지 못하는데, 그 순간엔 매듭만 뚫어지게 보았다. 매듭이 뭐기에, 저까짓 게 뭐 대수라고 아이를 울리는 거야. 나는 아이를 달래며 할머니에게 핀잔을 줬다.

"할머니. 저거 어차피 버릴 건데 조금만 갖고 놀게 해주세요."

"버리긴 왜 버려. 절대 안 돼."

할머니는 단호했다. 조금의 양보도 없다는 표정이었다. 잔뜩 웅크린 채 등을 돌려 앉은 모습이, 마치 풀리면 안 되는 물건을 물가에 내어놓듯 단단히 싸맨 매듭 같았다. 낡고 올이 다 풀린 볼품없는 비닐이 얼기설기 모여, 절대 풀리지 않겠다고 고집을 부리는 게 딱 할머니였다.

아이는 몇 번 더 항아리로 다가갔지만, 절도와 은닉의 작전은 모두 실패했고 다른 놀이를 하기로 했다. 아이를 달래는 일은 마무리되었지만 쓸모 없이 지저분하기만 한 끈들을 모아 둔 게 보기가 싫었다.

일단 할머니가 자리를 비울 때를 기다렸다. 첩보 영화를 찍

듯 할머니의 동선을 파악한 뒤 최대한 조용히 거실 구석으로 다가갔다. 곧 문제의 항아리에 이르렀고 매듭을 하나하나 꺼냈다. 가만히 보니 정말 단단하게 묶어 놓았다. 매듭을 풀어 보려 했지만 쉽게 풀리지 않았다.

이걸 묶으려고 또 얼마나 손으로 씨름을 했을까. 어떤 필요로 이것을 만들었는지 알 수 없지만, 그것을 붙잡고 있는 동안 풀리지 않기를 바라며 당기고 또 당겼겠지.

괜히 오기가 생겨 매듭을 풀 무언가를 찾으려 서랍을 열고 주변을 둘러보는데, 털실 뭉치도 돌돌 매듭을 지어 말아 놓았고 아이가 놀다 두고 간 장난감도 보자기로 싸서 매듭을 묶어 놨다. 끈 뭉치뿐만 아니라 집 안 구석구석 할머니의 고집스러운 매듭이 숨어 있었다.

어쩌면 쉽게 놓아줄 수 없는 할머니의 기억 속 유물들이 매듭으로 하나씩 연결된 건 아닐까 하는 생각이 들었다.

이 매듭들이 다 뒤틀려 꼬부라진 할머니 손가락 같아서, 풀

지도 버리지도 못한 채 꽤 오랫동안 붙잡고 있었다. 그러다 이내 다시 놓아주었다.

끈을 놓지 않고 항아리에 넣기를 택한 할머니만의 매듭은, 오직 할머니만 풀 수 있는 잠금장치일 테니까.

2부 할머니가 있는 집

미련 곰탕이

"그러게 좀 잘 챙기지, 미련하게. 쯧쯧."

부엌에 고소한 냄새가 연기처럼 자욱한 날, 나는 아플 만한 짓을 하고 다닌다며 주방에 계신 할머니로부터 욕을 한 바가지 먹는다. 잔소리는 들을 때마다 늘 비슷한 단어와 문장이다 보니 새삼스럽진 않다. 식탁 앞에 겨우 앉은 나는 '그럴 줄 알았다'로 시작하여 '미련하다'로 끝나는 공개 재판의 피고인이 되지만, 그 욕은 할머니 앞의 국물이 고스란히 받아 낸다.

음식에는 죄가 없음에도 불구하고 주인을 잘못 만난 탓에 미련하다는 말을 들어야 하는 그 국물은, 다름 아닌 곰탕이다.

몸이 좀 안 좋다고 한마디 툭 던졌을 뿐인데 어느 순간 거대한 들통이 가스레인지를 가득 채워 앉아 있다. 마치 사고 현장에 즉시 출동하는 견인차처럼, 환자가 있는 날이면 어김없이 등장하는 들통은 라면을 정확히 몇 인분까지 끓일 수 있는지 가늠하기 어려울 만큼 거대하다. 그리고 그 안을 들여다보면 역시나 반전 따위 없이 들통보다 더 무거운 뼈들로 가득하다.

할머니는 쭈글쭈글한 두 팔로 들통을 주저 없이 한 번에 들어 가스레인지에 올려놓는다. 볼 때마다 놀라지만 반전은 전혀 없는 묵직한 곰탕 레이스는 이렇게 시작된다.

곰탕. 아저씨 개그를 하자는 건 아니다. 그러나 다들 한 번쯤은 정말 곰을 넣고 끓였을지 의심해본 적이 있지 않을까. 뭔가 곰의 웅장한 기운을 연상시키는 이름을 가져서 그런 걸까. 낮과 밤을 꼬박 새워 끓이고 또 끓이는 조리 과정도 그렇고, 무슨 깊은 고민에 빠진 밤처럼 진하고도 진한 국물이 완성되는데 그 풍미를 설명하기 어려워 내 맘대로 '곰곰한' 맛이라고 불렀다.

곰곰한 곰탕은 걸쭉한 빛깔과 다르게 매우 싱거워서 소금한 꼬집에 파를 송송 넣어 먹는 게 핵심이다. 기운을 차려 한 입 먹으려고 숟가락을 들면, 성질 급한 할머니는 식기 전에 후딱 마시라며 본인 숟가락으로 소금을 퍼서 내 대접에 집어넣고 파를 한 움큼 던져 넣곤 했다. 그러면 나는 있는 힘껏 인상을 쓰며 이런 소금국을 먹으라는 거냐고 툴툴댔고 할머니는 들통에서 국물을 한 국자 떠와서 접시에 부었다.

원하지 않아도 누려야 하는 리필 서비스는 거절이란 게 없어서 결국 큰 대접을 깨끗이 비워야 했다. 그러면 이 미련한 곰탕 마법에 무엇이 응답한 건지 깨질 것 같았던 머리가 가벼워지고 슬쩍 일어나 빈둥거릴 힘이 생기고 마는 것이다.

"할머니, 나 이제 안 아파요."

이런 곰탕 같은 일이 있나.

온종일 나를 괴롭히던 두통이 말끔히 사라졌다. 으슬으슬 추운 것 같아 끌어안고 있던 담요도 던져버렸다.

시뻘건 고춧가루 냄새가 코끝을 쿡쿡 찌르는 기운 센 매운탕도 아니고, 싸움도 못 할 것 같은 허여멀건 국물 주제에 무슨 수로 고뿔을 때려눕혔을까.

곰탕의 신묘한 기적에 놀라 신기해 죽겠다는 나를 보며 할머니는 말했다.

"곰탕으로 못 고치는 병이 없어."

그러면서 까치발을 들어 들통을 열어보고 곰탕이 얼마나 남았나 살피며 고개를 끄덕였다.

그 후에도 누구라도 갑자기 내복을 꺼내 입거나 퀭한 눈으로 멍하니 앉아있으면, 욕을 한 솥 우려낼 들통이 알아서 걸어 나와 가스레인지에 앉아있었고 늘 그렇듯 집안은 곰곰한 구름에 뒤덮였다. 미련하게 아프기나 한 사람은 미련하게 끓인 국물을 들이켜며 미련 없이 잔병들을 털어 냈다.

여기서 끝나면 훈훈한 결말이겠지만, 문제는 들통에 곰탕이 여전히 가득 남아 있다는 것이었다.

가족 중 누구라도 몸이 아프다 싶으면 기존 식단은 올 스톱, 식탁 위의 모든 반찬은 곰탕 체제로 들어섰다. 곰탕은 모든 식구에게 무차별적으로 배식이 되었고 들통이 바닥을 보일 때까지 그 체제는 유지되었다. 환자는 식구들의 눈치를 보며 빨리 낫기 위해 안간힘을 썼다.

환자가 아픔을 극복한 이유는 공식적으로는 곰탕의 효과였지만 비공식적으로는 미련한 곰탕 체제에 저항하기 위한 비과학적 방어기제와 모두가 '곰탕 챌린지'를 참아내며 병이 낫기를 기도한 덕분이라고, 가족들은 우스갯소리를 했다.

이 미련한 곰탕의 전설은 들통이 못 쓰게 되지 않는 한 그
명맥을 유지할 거라고.

2부 할머니가 있는 집

밥값을 해야 사람이지

"할머니가 그나마 하실 수 있는 일이야."

엄마는 할머니가 우두커니 앉아있을 때 마늘 꾸러미를 바가지에 담아 옆에 슬쩍 둔다. 할머니는 혼자 중얼거리다 옆에 놓인 바가지를 발견하면 습관적으로 마늘을 깐다. 엄마의 천연덕스러운 업무 위임에 기가 막힌 내가 눈을 크게 뜨고 쳐다보았던 날, 엄마가 했던 말이다.

자기 몫을 하는 존재. 할머니는 늘 그랬다. 누구나 자기가 먹은 것만큼은 일해야 한다고, 밥값을 해야 사람다운 거라고, 혼자 자기 할 일 정도는 할 수 있고 해봐야 한다고 했다.

그때가 열 살쯤이었던가.

학교 수업이 일찍 끝나는 토요일이면 만화를 보며 라면을 먹곤 했는데, 당시 내가 누리던 최고의 즐거움 중 하나였다. 집으로 돌아와 '학교 다녀왔습니다'라는 짧은 인사를 하고서 신발주머니를 던져 놓고 방으로 들어가면, 할머니는 바로 쫓아와 실내화 빨아라, 가방 정리해라, 옷 갈아입어라, 이미 완성된 목록을 읊었고 나는 할 수 있는 가장 빠른 속도로 할 일을 해치웠다. 그러면 할머니는 다시 나에게 대접을 꺼내라, 물을 가득 받고 그대로 냄비에 부어라, 하면서 정교한 순서에 맞춰 라면 끓이는 방법을 알려주곤 했다.

가스 불을 켜는 법, 달걀을 잘 깨서 넣는 법, 설거지를 하는 법, 김치는 접시에 덜어 먹어야 한다는 것. 나는 공을 발사하는 기계 앞에서 타자 연습을 하듯 잔소리를 하나씩 받아쳐 내는 기술을 연마했고, 어느 날부터 할머니는 우두커니 서서 내가 혼자 라면을 끓이는 모습을 지켜보았다. 라면으로 시작한 살림법 공부는 결국 이론을 뺀 모든 것을 훈련하기에 이르렀다.

덕분에 나는 혼자 집에 있는 게 신났다. 배가 고프면 라면을 끓여 먹고 짜파게티도 끓여 먹고, 냉장고에서 무엇이든 데워 먹었다. 한바탕 먹거리 잔치를 벌여도 깔끔하게 설거지를 해두면 잔소리를 들을 필요도 없었다. 할머니표 살림법은 손재주 없는 나를 만나 어설프게 전수되었지만, 할머니의 유산답게 투박하고 실용적이었기에 혼자서도 심심할 틈이 없도록 해주는 잡기이자 최소한의 밥 먹을 자격 같은 것이었다.

그러나 자기 몫을 하지 못한다면 어떨까. 사실 이게 더 중요한 문제라는 걸 몰랐다. 몫을 해내고 있을 때, 충분히 잘하고 있고 계속 그럴 것이라 믿던 때에는 그 몫을 끝내느라 바빴고 몫을 해내지 않는 사람들에게는 단호했다. 의지가 없으면 밥을 먹을 자격이 없다고, 밥을 주어선 안 된다고 믿었다.

● Ⅱ ▶

어느 분의 부고를 듣고 지인들과 이야기를 나누던 중이었다. 사인이 치매라고 하니 어디선가 이런 말이 들려왔다.

"다른 건 몰라도 치매 걸려서 죽는 거만 아니면 좋겠어. 혼자 앞가림도 못하고 심하면 똥오줌도 못 가린다는데, 그냥 짐덩어리잖아."

내 가족사를 모르는 사람들이 하는 말이기에 '그래, 그런 죽음이 싫겠지'라고 애써 끄덕여 보았지만, 가위에 눌린 듯 무거운 기분에 짓눌려 고개를 들 수 없었다.

삶의 마지막 모습을 결정할 수 있을 거라는 오만함과 내 가족에게는 그럴 일이 없을 거라는 착각, 그래서 당연한 듯 맞장구를 쳤던 순간과 결국 내가 마주하고야 만 선택 불가능한 장면을 알기 때문이었다. 게다가 나는 할머니가 다른 방식의 여생을 선택하려고 부단히 애쓴 그 노력을 기억하고 있었다.

죽기 전에 자기 신발을 직접 돌려놓고 저세상 갈 거라던 할머니는 다른 흉한 꼴 다 좋으니 노망들어 죽는 것만은 싫다고 습관처럼 말했다. 혼자 보내는 시간에는 습관처럼 화투판을 깔고 민화투를 하거나 '가보띠기'를 하며 나름의 치매 예방 루틴을 지켰다. 재미와 상관없이 눈을 감고 화투패를 섞는 모습은 투기꾼보다 더 심오한 표정이었기에, 게임을 즐기는 건지 미션을 수행하는 건지 알 수 없었다.

웃을 일이 있어도, 없어도, 뇌혈관 건강에 좋다고 하니 손뼉을 열심히 치며, 하나둘 세상을 떠나는 사람들 옆에서 할머니는 삶 앞에 주어진 몇 가지 불행들을 덤덤하게 지켜보는 연습을 하는 것 같았다.

그러나 모든 불행 앞에서 마냥 너그러울 순 없었다. 백 살 장수를 하실 것 같았던 당신의 아버지가 너는 누구냐고 물었

을 때, 그녀는 아버지 정신 붙들어 매시라고 장대비처럼 울며 세찬 바람처럼 모질게 말했다.

죽을 때는 죽더라도 그날 먹은 밥값은 하시라고. 그래야 사람답게 가는 거라고.

아버지가 자식 얼굴도 못 알아본 채 어느 이름 모를 짐짝처럼 덩그러니 가족들 사이에 남겨지는 게 무서웠을까. 그것이 자신의 미래일까 무서웠을까.

할머니는 기계처럼 다시 화투판을 깔고 제정신을 붙들어 맸지만, 문단속에도 한계가 있었는지 결국 스스로 라면조차 끓이지 못하는 존재가 되어 버렸다. 그토록 피하고 싶었던 장면이었다.

● ‖ ▶

할머니는 마늘을 다 까서 냉장고에 넣어둔 뒤 깨끗하게 손을 씻는다. 그러더니 자리를 잡고 화투판을 깐다. 다시 시작된 제정신 문단속이다. 화투패를 연달아 줄 세워 놓더니 숫자를 중얼거리며 패들을 거두었다가 또 놓고, 다시 섞어서 새로 판을 깔고. 부지런히 뇌에 주름을 잡는다. 그러고 나면 화투를 손에 움켜쥐고 짝짝 소리를 내며 섞는 동안 또 습관처럼 눈을 지그시 감는다.

할머니, 도대체, 마늘을 왜 그리 잘 까는 것이며 화투는 또 왜 그리 열심히 하는 건데.

멀쩡하게 자식들 고생시키지 않고 내 발로 관에 들어갈 거라는 고약한 의지로도 어쩔 수 없었던 장면이다. 선택할 수 없었지만, 최선을 다해 다다른 장면. 그래서 아직 마지막이어선 안 되는, 결코 물러설 수 없는 장면.

이토록 고약한 의지는 할머니가 우리에게 주는 단단한 유산이어서, 언젠가 할머니가 더는 마늘을 까주지 않는 날이 와도 우리는 휘청거리지 않고 무너지지 않을 것이다.

그게 우리가 이 장면 앞에 서 있는 이유니까.

2부 할머니가 있는 집

마법의 가루, 알커피

'하나 하나 둘, 하나 둘 하나.'

내가 일 년에 한두 번 정도 꼭 구매하는 것이 있는데, 그것은 바로 병에 담아 파는 커피다. 알알이 조각이 난 굵은 커피 가루를 병에 담아 파는 이것을 나는 맘대로 '알커피'라고 부른다.

설탕과 프림을 함께 넣어 파는 커피믹스와 다르게 알커피에는 오직 커피 가루만 들어 있다. 당장 커피를 마시자면 봉지에 담긴 커피믹스가 더 간편하지만, 굳이 병째로 커피 가루를 사다 먹는 이유는 나름 알커피만의 매력이 있기 때문이다.

이를테면 병뚜껑을 여는 순간 코끝에 퍼지는, 코코아처럼 달달하면서 약한 불에서 오래 태운 듯 잔잔한 커피 향.

티스푼을 넣어 한 숟가락 담을 때면 마치 자갈밭을 걷는 듯 바스락거리는 커피 알갱이 소리.

기분 따라 달라지는 계량 덕분에 매번 다른 커피를 마시는 듯 다양한 풍미.

살짝 덜 녹은 커피 알갱이를 씹을 때 혀끝을 싸하게 찌르는 쌉쌀함까지.

　고즈넉한 주말 아침이나 비 오는 날이면 아무것도 시작하지 않은 채, 그러나 눈을 크게 뜨고 하루를 시작하기 위해, 입안에서 처음부터 끝까지 자기 주장을 하는 이 알커피를 마시곤 한다.

　지인들은 나에게도 문명의 손길이 필요하다며 선물로 캡슐 커피 머신을 사 주겠다고 했다. 알커피도 좋지만 캡슐 커피도 맛이 괜찮으니 먹어보라는 것이다. 그러나 나는 한사코 거절했다. 호의는 너무도 감사하나, 우리 집에 커피 머신을 들이고 싶지 않았다. 그때그때 마시고 싶은 커피를 선택할 수 있는 다양한 세상이 왠지 부담스럽기도 하고, 커피 머신이 들어서는 순간 마치 대형 건물에 가려진 작은 골동품 가게처럼 알커피의 자리가 없어질 것 같은 불안감 때문이었다.
　이렇게 쓰고 보니 우습기도 하다.
　도대체 알커피가 뭐길래.

● ‖ ▶

아침을 거하게 먹은 일요일.

설거지를 끝낸 뒤 할머니는 말끔히 치운 식탁에 자리를 잡
았다. 정리가 끝난 부엌 식탁에 앉아 가스 불을 켜고 물을 담
은 주전자를 올렸다. 우아한 백색의 커피잔을 꺼내고, 이어서
알커피와 설탕 그리고 프리마 통을 꺼냈다. 작은 수저로 '하
나 하나 둘, 하나 둘 하나', 알 수 없는 주문을 외우며 할머니
당신만 아는 배합으로 가루들을 부어 넣으니 한 잔을 조제할
준비는 끝이 났다.

그르렁그르렁 물 끓는 소리가 들리자, 할머니는 마른 행주
를 꺼내 주전자 손잡이를 집어 찻잔으로 다가갔다. 주전자 주
둥이를 통해 쏟아지는 물은 여전히 끓는 소리를 내고 있었다.
나는 뜨거운 물이 무서워 뒤로 물러나 주전자 주둥이만 쳐다
보았다. 눈대중이지만 배합식에 따라 보이지 않는 눈금에 맞
춰 잔을 채우면, 모두 숨을 죽인 채 각자의 잔에서 하얀 김이
모락모락 올라오는 걸 바라보았다.

특히 내가 좋아하는 가느다랗고 진한 무늬는 커피가 녹아 퍼지면서 만들어지는데, 그것을 티스푼으로 젓는 건 내 몫이었다. 덜 녹은 커피를 휘저어 낼 때 흡사 내가 살짝 맛을 보고 있는 것 같은 착각이 들었다.

'엄마 커피는 좀 달다.'

'할머니 커피는 너무 싱겁다.'

그렇게 티스푼질 한 번으로 바리스타처럼 굴기도 하며 나는 마셔보지도 않은 커피의 맛 평가를 내놓곤 했다.

나는 그 맛이 궁금했지만 탐하지 않았다. 커피라는 건 어른들의 전유물이고, 아이들이 마시면 머리가 나빠지고 키가 크지 않는다는 다양하고 괴상한 속설들을 들어왔기 때문이다. 대학생 언니를 둔 친구가 언니의 커피를 몰래 마셨는데 너무 쓰고 별로였다고 해서, 나는 괴담들을 검열 없이 받아들였고 어른이 되어도 커피를 마시지 않을 생각이었다.

그러나 식사가 끝나기 무섭게 요염한 향기를 뿜내며 어른들을 유혹하는 그 마성의 음료가 얼마나 특별하길래 뜨거운 잔 앞에서는 할아버지, 할머니, 누구나 잠시 하던 말을 멈추고 그 향기에 눈과 코를 맞추는지.

특히 저마다 우아한 자태로 후루룩 한 모금 들이켤 때 나는 소리는 어느 평화로운 식사 시간이 잘 마무리되고 있음을 알리는 일종의 신호였고, 그중에서도 할머니는 후루룩 뒤에 '카아' 하며 커피만 지나갈 수 있는 갈증의 덩굴을 녹여냈다.

내가 아는 음식에서 한 번도 맡아보지 못한 냄새.

후후 불다가 입술을 대고 후루룩, 조심조심 마셔야 하는 미치도록 뜨거운 까만 물의 냄새.

아이들은 몰라도 된다는 냄새.

마셔본 것 같은 착각이 들지만 도저히 맛을 상상해 낼 수 없는 그 냄새의 이유를 알고 싶어, 나는 머리가 나빠지고 키가 더 클 기회를 포기하며 할머니 옆에 다가갔다.

"할머니, 나도 그거 마시고 싶어요. 딱 한 입만 먹어보게 해주세요."

"어른들이 마시는 게 그렇게 궁금해?"

할머니는 흔쾌히 잔을 밀어주며 한 입 마셔보라고 했다. 대

우아한 백색의 커피잔을 꺼내고, 이어서 알커피와 설탕 그리고 프리마 통을 꺼냈다. 작은 수저로 '하나 하나 둘, 하나 둘 하나', 알 수 없는 주문을 외우며 할머니 당신만 아는 배합으로 가루들을 부어 넣어 한 잔을 조제할 준비는 끝이 났다.

망의 첫 커피였다.

그런데, 오잉, 이게 뭔 맛이래.

세상 처음 맛보는 쓴맛에, 괜히 새카만 구정물 같은 걸 먹었다고 당장 싱크대로 가서는 입 안에 있는 걸 모두 뱉어 버렸다.

"어우, 무슨 맛이 이래요? 이렇게 쓰고 뜨겁기만 한 구정물을 왜 마셔요?"

"고기 많이 먹은 날에는 이거만 한 소화제가 없어."

오만상을 찌푸린 채 혀를 길게 내밀고 있는 내게 할머니는 맛에 대한 설명은 다 빼고 그저 건강한 소화제라고 우길 뿐이었다. 나는 속으로 역시 커피에 대한 모든 괴담이 사실이었다고 생각했다. 그리고 머리가 나빠지고 더 이상 키가 크지 않게 된 할머니를 가엾이 여기며, 고기를 먹다 체하더라도 절대 할머니 앞에서는 아픈 척하지 않겠노라고 다짐했다.

날카로운 첫 커피의 추억은 나의 입맛을 돌려놓고 내게 구정물만 끼얹은 채 사라졌다. 그렇게 나는 커피를 마시지 않는 어른이 될 것 같았지만, 나와 커피의 인연은 끝나지 않았다.

고등학생이 되니 제법 숙녀티가 나서 그랬는지, 밥을 다 먹고 일어나려 하자 할머니는 내 앞에 커피잔을 놓았다.

　"밥 먹고 커피를 마셔야 싹 소화가 되는 거여."

　할머니가 주장하는 커피의 효능은 생각보다 어마어마했다. 밥 먹은 뒤에 마시는 커피는 소화제, 비 오는 오후에 마시면 피로회복제, 몸이 무겁고 뻐근한 아침에는 진통제가 되었다. 어떤 날은 이런저런 핑계로 하루에 서너 잔을 마시기도 했지만, 카페인에 최적화된 체질 덕분에 저녁 드라마가 끝나면 어려움 없이 잠을 청했던 할머니는 삶이 힘들고 고단하다면 누구나 커피를 마셔야 살아갈 수 있다고 믿었다.

●　Ⅱ　▶

　그날은 할머니가 말한 바로 그 고단한 날이었는데, 주인공은 나의 아이였다. 열 살이었던 아이는 평소보다 조금 많이 먹은 탓인지 속이 좋지 않다고 울상이었다. 아직 어린 아이라 알약으로 된 소화제는 삼키기가 버겁다고 거부하니 일단 눕힌 후 배를 쓰다듬었다. 그렇게 아이를 진정시키고 있는데 할머니가 대뜸 나를 불렀다.

"커피를 타서 먹여. 커피를 먹어야 안 아파."

커피를 먹인다는 말을 들은 아이는 기겁했다. 어른들이 마시는 맛없는 물, 먹으면 잠도 못 자고 머리 나빠지는 그거 먹이는 거냐고, 다시 울기 시작했다. 아이도 어디선가 해묵은 괴담을 들었던 모양이다.

아이를 겨우 진정시키고 숨을 돌리던 식구들은 할머니 귀에 대고, 아이한테 겁주면 안 되니 그냥 잠자코 계시라고 신신당부했다. 그런데 몇 분도 채 지나지 않아 할머니는 다시 식구들을 부르며 아이 먹이게 커피를 타서 가져오라고 소리를 질렀다.

아이는 할머니가 까맣고 쓰고 나쁜 물을 먹인다고 난리, 나는 소아용 소화제를 어디에 두었는지 몰라 서랍을 모두 열어 뒤지는 중이었고, 엄마는 매실차를 타겠다고 주방으로 뛰어갔다. 이건 커피가 아니라 매실차라고 아무리 설명해도 아이는 입을 꾹 다물었고, 할머니는 그것을 보며 갖다 버리고 커피를 타오라고 고집을 부렸다.

나는 짜증이 나서 소화제를 사 올 테니 아무것도 주지 말라고 성질을 부렸고, 엄마와 할머니는 제대로 소매를 걷어붙이고 매실차, 커피, 또 매실차, 다시 커피를 반복하며 논쟁을 벌였다.

결국 아이가 울다 지쳐 잠이 들면서 상황은 종료되었다. 아이가 푹 자고 일어나면 해결되는 것이니, 매실차도 소화제도 누구도 승리할 필요가 없게 된 우리는 비로소 평화를 되찾았다. 하지만 '커피를 먹이고 재워야 애기 속이 편할 텐데' 하며 아쉬워하는 할머니는, 기어코 당신이 타 온 커피를 버리지 않고 본인 입에 털어 마시며 잠든 아이를 물끄러미 바라보았다.

● || ▶

커피는 할머니의 조건 없는 편애로 우리의 미움을 사기도 했지만, 할머니의 마음을 열 수 있는 최고의 음식이기도 했다.

어느 날, 할머니 귀에만 들리는 그 몹쓸 목소리가 뭐라고 한 건지 평소 잘 챙겨 드시던 약을 갑자기 거부하기 시작했다.

"그거 나 죽이려고 타 온 거를 내가 모를 줄 알고."

몰래 국에 넣어 드리면 맛이 이상하다고 화를 냈고, '이게 무슨 약이냐면요' 하면서 천천히 하나씩 눈높이에 맞추어 설명해 드리기도 했으나, 딱 그때뿐이었다. 엄마는 친모를 음해하는 극악무도한 자식 취급을 받을 때마다 답답한 마음에 할머니에게 서운한 마음을 한가득 꺼내놓았다.

한동안 할머니 약도, 엄마 자신도 챙기지 못한 채 심각한 속앓이를 했다. 그렇게 고달픈 하루하루가 지나고, 결국 최후의 수단으로 할머니 커피에 약을 타서 먹이기 시작했다. 혀끝에 센서가 달렸는지 할머니는 커피를 다른 것으로 바꿨냐며 맛이 다르다고 깐깐하게 굴었지만, 이내 남김없이 잔을 비웠다. 커피는 만병통치의 효능을 가졌다고 하던 할머니의 말을 그제야 이해했다.

할머니가 미울 때면 엄마는 커피를 탄다.
깔끔한 찻잔을 고르며, 잔에 커피 가루를 넣으며, 어떤 날은 약을 함께 넣으며, 고단한 삶이지만 그래도 이겨 나가자는 주문을 달콤쌉쌀한 향기가 풍겨오르는 커피잔에 함께 띄운다.

할머니를 달래는 마법의 가루는 엄마의 잔에도, 가족 모두의 잔에도 담긴다. 한 모금 후루룩 마시고 나면 언제 그랬냐는 듯 미움이 사라지고 마는 영험하고 신비한 가루, 알커피. 알알이 모인 커피 알갱이가 아직 완성되지 않은 우리의 마음 조각 같다.

언젠가 알갱이들이 뜨겁게 녹아 온갖 풍미를 가득 담아낼 날을 기다리며, 오늘도 나는 알커피 병을 채워 넣는다.

2부 할머니가 있는 집

⊕

어른이 되는 집

내가 살았던 집에 관해 묻는다면 가장 먼저 떠오르는 집이 있다.

결혼하면서 주거 독립을 하기 전까지 살았던 그곳은, 지금 부모님이 지내는 집이다. 처음 그곳으로 이사 왔을 때 나는 그 집이 전혀 새롭지 않았는데 사실 그곳이 외갓집이었기 때문이다.

아주 어릴 적 기억 속에서 외갓집이 있던 동네는 작고 낡은 단층 주택들이 좁은 터에 어깨동무하듯 서로 기대어 만들어진 마을이었다. 작은 산을 등진 채 산등성이를 따라 비틀대듯 기울어진 그곳에서는 아기공룡 둘리가 살던 몸집 크고 고급스러운 양옥은 거의 볼 수 없었다. 그 대신 슬레이트 지붕에 방 하나가 전부인 납작한 집들이 자연스럽게 자리를 잡았다.

집과 집 사이에 작은 집이 생기고, 그 사이의 벽을 빌려 또 집이 생기길 반복하다 결국 정부의 손을 거쳐 재개발이 시작되었다. 외갓집은 잠시 외삼촌 집이었다가 이모 집이기를 반복하더니, 가장 먼저 완성된 아파트의 로열층으로 지금의 주소가 완성되었다.

답답한 석면 천장을 벗고 대기업의 페인트칠로 마감한, 외가의 신 가옥은 층마다 엘리베이터가 있고 화장실에는 우윳빛 욕조까지 있었다. 그야말로 훤칠하고 잘생긴 가문의 자랑이었다.

명절이면 어른들께 인사만 해도 '많이 컸구나' 하며 용돈을 쥐여 주던 너그러운 공간, 그러면서도 오고 가는 안부 속 농도 짙은 어른들의 대화가 조금 지루하게도 느껴졌던 그 집이, 갑자기 내가 사는 집이 되었다.

낯익은 새 거처에 새것이 아닌 짐을 풀어 정리하느라 어수선했던 그날의 감정들을 기억한다. 진정한 현대사회를 살아가는 혜택을 일순간에 얻은 설렘과 여전히 누구의 집이라고 불러야 할지 명확하지 않은 어색함, 어른들의 방에 잘못 들어온 것 같은 불길함까지. 며칠 동안은 아침에 눈을 뜰 때마다 점잖은 벽지에 천진난만하게 자리 잡은 나의 책상이 우스꽝스러웠고, 식탁에 가득 찬 밥그릇이 생경해 지금 내가 밥을 먹는 것인지 꿈인지 생시인지 헷갈렸다.

그때는 몰랐지만 지금 돌이켜보면 밥에 반찬 몇 가지 놓고 먹는 단출한 식사가 유난히 길었던 건, 재개발의 수혜를 입기엔 아직 개발이 필요한 내가 습관처럼 차린 눈칫밥 때문이 아니었나 하는 생각이 든다.

드라마에서 이런 내용을 본 적이 있다. 부유한 가정에 살다 갑자기 가세가 기울어 단칸방으로 이사를 오게 된 주인공이 한숨을 쉬며 밤잠을 이루지 못하는 장면이었다. 사랑과 배신이 난무하는 처절한 현실을 담은 드라마 속 주인공은 급하게 이사를 오며 모든 게 바뀌어 버린 공간에 놓이게 되었다.

주인공이 '이제부터 여기가 너의 집이다'라고 통보, 아니, 강요를 받으며 어영부영 새로운 삶을 시작하는 장면은, 주요한 내용이 아니었는지 특별히 자세하게 담아내지 않았다. 그런데 나는 유독 그 장면이 눈에 밟혀 몇 번이나 곱씹었다.

주인공에게 닥치는 시련들은 어쩌면 선택하지 않은 '내 집'에서 주어진 적응 기간 안에 정착해야 하는, 짧고 좁은 고난으로부터 시작한 것일지도 모른다는 생각을 했다.

　대궐 같은 부잣집에서 단칸방으로 이사 온 주인공과 다르게 나는 오히려 오래된 투룸 빌라에서 방이 세 개나 있는 신축 아파트를 새롭게 내 집으로 삼게 됐지만, 나에게 주어진 담요만 한 공간과 새것 냄새가 나는 벽지, 절대 잃어버리면 안 된다며 손에 꼭 쥐여 준 현관문 열쇠는 이름표를 붙인다 해도 결코 내 것이 아닐 것 같은 촉감이어서 그저 잘 쓰고 잘 두는 게 나의 할 일이라 여겼다.

　한동안은 그곳을 우리 집이라고도 외갓집이라고도 부르지 못한 채 서성거렸고, 그 망설임이 밤마다 내게 물었다. 내 집은 어디인가. 어떤 날은 이사 오기 전의 우리 집으로 돌아가고 싶다고 답하며 방학을 보내러 온 아이처럼 다시 돌아갈 날을 세었다. 어떤 날은 집이 없는 여행자처럼 아무 대답도 하지 않았다.

　물음표가 쌓인 만큼 빛이 바랜 벽지에 얼룩이 검버섯처럼 거뭇거뭇하던 날, 나는 새 가정을 꾸려 그 집을 나가기로 했다. 짐을 챙겨 집을 나서려는데, 다시는 그곳에 오지 못할 사람처럼 서운한 마음이 들어 벽지를 쓰다듬었다. 보이지 않는 낙서들이 촘촘하게 박혀, 해석할 수 없는 소리가 배경음악처럼 들리는 듯했다. 벽지를 툭툭 치며 인사를 건넸다.

너도 참 고생 많았다.

이방인이 머무는 집은 시간이 천천히 간다. 견고한 여행일수록 더 오래 머물다 가는 거라고, 떠나는 자의 변명을 해보았다. 그래도 좀 너무했지. 20년이나 걸릴 줄이야.

한 존재를 잃고 한 시절을 잃고 비로소 어른이 되었다. 지금은 새로운 집으로 떠났지만 그곳에서의 삶은 여전히 나의 일부다.

기억 속 차콜 색 지붕으로 뒤덮인 납작한 동네도, 한때 잘 나갔던 서른 살의 구형 아파트도, 영원히 재개발될 수 없는 나의 오래된 삶이다.

2부 할머니가 있는 집

숫자에 불과한 것들

아이들은 큰 수를 좋아한다.

하나라고 하면 자기는 둘이라 하고 그럼 나는 셋이라 하면 다시 자기는 넷이라 한다. 수가 클수록 더 많고, 많으니 강하고, 강하니까 최고라고 생각한다. 숫자가 가진 절대적인 의미보다 많고 적음에 관심이 더 많다.

욕심쟁이 아이로 키우는 게 아닐까 하는 우려가 있었지만, 큰 수를 좋아한다는 건 남에게 주기보다는 받은 기억이 대부분이기 때문이고, 다행스럽게도 '많음'이 준 기억 대부분이 좋았다는 방증이기도 하여 마음을 놓았다.

큰 수를 향한 사랑은 숫자를 더하고 또 더할수록 커진다. 그러면서 아이는 자연스럽게 셈을 터득한다. 처음에는 눈앞에 놓인 장난감을 세고 과자 개수를 세더니, 숫자를 종이에 적어 은행 놀이를 하고, 이제는 어른들이 지폐에 적힌 숫자로 사랑과 응원을 표현한다는 걸 알고 말았다. 아이도 행복하고 부모도 행복한 이 재무적 경험은 자본주의가 낳은 시대적 요구이니, 재물의 가치는 숫자 공부의 끝판왕이다.

물론 크고 작음의 단순 비교를 넘어서 그것이 가진 의미를 아는 건 조금 더 복합적인 문제다. 사랑을 받는 것과 타인에게 다시 베풀고 나누는 경험, 그리고 그만큼 사랑이 커지는 기쁨을 수학적으로 잘 설명하는 건 여전히 어른들의 몫이다.

숫자를 향한 사랑은 어린이집에서도 계속된다. 어른들과 함께 익히는 자본주의 수학과는 다른, 또래들과 직접 관계를 맺으며 알아가는 일종의 자율 학습이다. 예컨대 아이들은 만나면 서로 나이를 묻고 생일을 묻는다. 나보다 어리면 동생, 같으면 친구, 많으면 언니 혹은 오빠가 되고, 생일이 얼마 남았는지 계산하며 덧셈과 뺄셈을 자유롭게 영위한다.

셈 연습은 기본이고, 호칭을 결정하고 반영구적 위계를 형성한다는 점에서 이 세계에서는 '나이는 숫자에 불과해요'라고 말하지 않는 진중함이 필요하다.

나는 친구 같은 엄마가 되고 싶어 아이와 친근한 말투를 쓰는데, 아이가 어린이집 언니 오빠들에게 깍듯이 존댓말을 할 때 조금 당황한 일이 있었다. 하지만 나 또한 얄개 시절 한두

살 많은 선배에게는 90도로 허리 굽혀 인사하면서 막상 동네 삼촌들에게는 편하게 말하며 다소 왜곡된 장유유서를 계승했던 기억이 떠올라 순간 웃고 넘겼다.

● ❚❚ ▶

가족들이 다 모인 자리. 숫자도 배웠고 위계도 배웠겠다, 아이는 사람들을 붙잡고 나이를 물었다.

어린 이모들은 '어머, 이모 아니고 언니라고 불러'라는 식으로 위계질서의 파괴를 꾀했고, 환갑에 벌써 할아버지라서 슬프다며 젊은 아저씨라 해달라는 네고왕까지 나타났다. 가계도 따위 신경 쓰지 않는 모르쇠 농담에 아이는 혼란에 빠졌다. 그러다 왕할머니와 눈이 마주치자, 아이는 내 귀에 대고 물었다.

"엄마, 왕할머니는 몇 살이야? 백 살보다 많아?"

"1929년생이니까, 구십… 음…."

"내가 계산해 볼게!"

아이는 자기도 이제 뺄셈을 할 줄 안다며 숫자를 적어 내려

갔다. 야심 차게 식을 적어 보지만, 큰 수의 뺄셈은 배우지 않았기에 애를 먹는다. '20 빼기 3' 정도의 계산이라면 홈런볼 과자를 줄 세워 놓은 뒤 세 개를 먹어버리고 다시 세 보자고 하면 간단하게 끝날 텐데. '1929'도 문제고 '2000'이 넘는 4차 산업혁명의 시대도 문제다.

아이는 다른 방법을 쓰기로 결심했는지 할머니 곁에 다가가 귀에 대고 물었다.

"왕할머니 몇 살이에요? 백 넘어요? 구십 넘어요?"

어른들이 옆에서 아름아름 말을 보태어 힌트를 날렸다. 할머니는 양 손가락을 모두 펴더니 엄지 하나만 접고 아이에게 보여주었다. 큰 숫자를 좋아하는 아이는 왕할머니가 조금만 있으면 진짜로 백 살이 되는 거라며 더 크게 외쳤다. 대박!

홈런볼을 몇십 봉지 뜯어 놓고 역대급 과자 파티를 할 뻔한 최상급 뺄셈은, 열띤 호응에 힘입어 열 사람의 손가락을 가득 채울 할머니의 백 번째 생일파티를 목표로 세우며 훈훈하게 마무리됐다.

종이에 적힌 숫자들은 아직 세상에 알려지지 않은 글자 같기도 하고 시간을 그릴 줄 아는 어느 우주의 그림 같기도 했다. 할머니와 엄마, 나와 아이까지 4대를 걸쳐간 시간이 촘촘하게 담긴 숫자들이었다. 숫자가 가진 세월을 떠올리다 재빨리 생각을 접었다. 지나간 시간에 비해 남은 시간은 짧고 아쉬울 것이므로, 어제 하던 이야기를 오늘 계속 이어 나간다. 숫자를 세듯 나이를 먹듯 계속 나아가는 일을 한다.

아이가 계산한 백을 앞둔 숫자도 우리와 함께 걸어가길 소망해 보았다. 아이가 했던 것처럼 대박을 외치며 백 번째 생일을 맞이하면 참 좋겠다. 백 개의 초를 꽂을지, '100'이라고 쓰여 있는 숫자 모양의 초를 꽂을지 아직 정하지 못했다. 실은 무엇을 꽂든 상관없다.

끝나지 않은 숫자들이 고맙다. 이따금 시련이 찾아와 힘겹게 쌓아 올린 공든 삶을 무너뜨릴지도 모른다. 그럴지라도 끝내 이만큼 지켜낸, 그리고 계속 살아 낼 우리는 삶이 얼마나 더 주어지든 가슴 깊은 곳에 초를 꽂을 것이다. 그리고 주름진 손가락을 펼쳐서 초를 하나씩 세어보면 그만이다.

　활활 타오르며 가슴에 새겨지는, 그저 숫자에 불과한 모든 삶이 고맙다.

"엄마, 왕할머니는 몇 살이야? 백 살보다 많아?"

"1929년생이니까, 구십⋯⋯ 요⋯⋯."

"내가 계산해 볼게!"

아이는 자기도 이제 뺄셈을 할 줄 안다며 숫자를 적어 내려갔다.

3부

그게 사랑이래요

3부 그게 사랑이래요

미움 주머니

"엄마, 비밀 하나 알려줄까?"

"비밀? 뭔데?"

"사실… 왕할머니가 할아버지 미워해."

아이는 예전에 왕할머니가 할아버지한테 소리 지르면서 미운 말을 했다며 당시의 일을 어렴풋하게, 그러나 제대로 기억하고 있었다.

할머니가 치매를 진단받은 지 얼마 되지 않았던 때, 밤낮 가리지 않고 망상을 심하게 겪던 때였다. 증상이 심한 날은 멀쩡히 같이 있던 사람에게 갑자기 화를 내고 급기야는 욕을 하며 물건을 던지기도 했다. 몇 차례 소동이 있고 난 뒤부터 가족들은 할머니의 심기를 건드리지 않으려 백방으로 노력했다.

수년이 지난 지금, 할머니의 망상과 갑작스러운 분노는 빈도와 정도가 매우 줄었고 나름 평화로운 시절을 유지하던 차였다. 이때 아이가 털어놓은 할머니의 비밀, 사실은 본인 빼고 다 아는 비밀에 화들짝 놀라고 말았다. 아주 어렸을 때의 일인데, 스치듯 지나간 일을 어찌 기억하고 있었을까.

놀란 내 얼굴을 보며 아이는 역시 알려주길 잘했다는 표정을 짓더니, 왕할머니와 할아버지의 사이가 이제는 좋아진 것 같아 다행이라는 사견을 내놓기까지 했다.

아이는 진지했다. 자신에게는 한없이 너그럽기만 한 왕할머니가 미움을 숨기고 있던 게 이상하고 놀라웠다고 말했다. 다 큰 어른들의 미움이 신기하면서도, 싸우지 말고 사이좋게 지내라는 말이 사실은 어른들에게만 관대한 잣대였던 게 괘씸했는지 아이는 왕할머니를 실눈으로 째려봤다. 그러더니 들릴 듯 말 듯 한 목소리로 이렇게 말하는 게 아닌가.

"엄마. 아무래도 왕할머니는 쿨하지 않은 거 같아. 알고 보니 호박씨를 깐 거야. 이러다 나한테도 미운 소리를 하면 어떡하지?"

나는 피식 웃음이 났다.

하긴, 미운 마음을 몰래 숨겨놓고 속상할 때마다 꺼내니, 괜찮은 척하지만 뒤에서는 인형을 손가락으로 쿡쿡 찌르거나 태연하게 호박씨를 까는 의뭉스러운 캐릭터가 맞긴 하지.

혼자 웃음이 터진 나에게 아이는 또 깜찍한 한 방을 날렸다.

"그런데 말이야. 누구나 미움 주머니 하나쯤 가질 권리가 있잖아."

왕할머니에게만 베푸는 너그러운 면모에 나만 다급히 웃음 참기 챌린지 중이었던 건 아직까지도 비밀이다.

"근데 할아버지를 왜 미워해?"

"엄마도 잘 모르겠어. 왕할머니만 아시겠지."

아빠는 할머니가 아끼는 최애 백년손님이었다. 우리 집처럼 장모와 사위가 돈독하게 지내는 집은 없을 거라며 다 같이 웃던 날들을 이토록 또렷이 기억하는데, 할머니가 그렇게나 의지했던 아빠를 미워하게 될 줄 몰랐다. 어디서부터 잘못된 걸까. 아빠도 나도 각자의 기억에 물었지만 답은 없었다.

한동안 아빠는 거짓말처럼 펼쳐진 미움의 말보다, 당신은 행복이라고 믿었지만 사실 장모의 아픔이었을지 모르는 시간을 떠올릴 때 더욱 괴로워하는 것 같았다. 우리의 시간은 되돌릴 수 없고 할머니의 기억은 멈췄기에, 남은 건 그저 죽도록 미워하며 사는 것뿐일까 봐, 길지 않은 여생이 왜곡된 기억과 감정으로 얼룩질까 봐, 출처 없는 미움을 우리는 더 미워했다.

어느 날에는 치매를 경험한 가족들에게 하소연하기도 했다. 행복한 추억과 사위를 아끼던 마음은 다 갖다 버리고, 너덜너덜하게 구멍 난 마음만 구겨 넣은 노인네가 밉다고 했다. 아빠도 마음속 대나무숲에서 '임금님 귀는 당나귀 귀'라고 외치듯 비밀스러운 미움 대잔치를 벌였다고 했다.

기억을 잃은 미움이 어디서 오는지 아느냐고 아빠에게 물어본 적이 있다. 아마도 그동안 서로를 너무 미워하지 않아서, 미움 주머니에 뭐라도 담아야 해서 가장 믿는 사람을 미워하는 거라는 대답에 왈칵 눈물이 쏟아졌다.

"왕할머니가 행복한 순간들을 영원히 기억해 내지 못하면 어쩌지?"

아이는 왕할머니의 미움이 자기에게 다가오면 그 미움을 무척 미워할 거라고 했다. 그러면서 왕할머니의 불룩 튀어나온 배를 보며, 저 안에 아마 다른 주머니가 또 있을 거라며 할머니 배를 쿡쿡 찔렀다. 할머니는 아이가 귀여워 죽겠는지 깔깔거리며 웃었다.

아이 말이 맞을지도 모른다. 우리는 모든 순간을 주머니에 넣고 산다. 한 번 일어난 일은 잊을 수 없는 법. 다만 기억하지 못할 뿐이다.

미움에 주머니가 있듯, 행복한 순간을 넣어둔 주머니가 할머니에게도 분명 있을 거라고 믿어 본다.

3부 그게 사랑이래요

⊕

고독은 공간을 요한다

"엄마, 사춘기가 되면 정말 방에서 혼자 노는 거야? 난 거실이 더 좋은데."

아이는 가끔 사춘기에 관해 묻는다.

삼십 킬로그램이 채 되지 않는 작은 체구의 아이는, 단연코 반에서 가장 깜찍하다는 키 번호 1번이다. 빨리 크는 게 소원이라는 만 9세. 그러니까 본인 주장에 따르면 어엿한 십 대 소녀다. 아이가 자기는 아무래도 사춘기인 것 같다고 말할 때마다 나는 코웃음을 친다.

"범인이 '내가 범인이에요'라고 하지 않듯 사춘기도 자기가 사춘기라고 말하지 않을걸?"

나는 성장판과 이차 성징을 언급하며 아이에게 사춘기가 도래하지 않았음을 설명한다. 그러다 보면 자연스럽게 나의 사춘기를 소환하게 되는데, 그 시절 보기 좋게 큰 사고를 치거나 열렬한 짝사랑이라도 해봤으면 할 얘기가 많겠지만 매일 너무 똑같이 지내는 게 그나마 굴곡이었던 나의 십 대는 기억을 아무리 꼬아 보아도 링클 프리처럼 심심하고 밋밋했다.

에헤, 이런 겨자도 안 넣은 순한 맛 평양냉면 같은 내 청춘을 어찌할꼬.

그런데도 돌이켜보면 당시의 나도 나름대로 고민이 많았는지라 잠시 추억에 잠겼다가, 그때는 그랬고 저 때는 또 저랬다 하며 중학생 소녀처럼 하소연을 했다.

"그러니까 엄마는 그때 가장 큰 고민이, 울고 싶은데 울 곳이 없는 것, 그거였어."

● ‖ ▶

주소는 있지만 내 방이 없던 시절, 하고 싶은 것은 많지만 허락되는 것은 거의 없었다. 온종일 누워서 만화책을 읽고 싶었고 혼자 노래를 흥얼거리며 빈둥거리고 싶었지만, 할머니, 할아버지가 계시는 거실에서 벌러덩 누워있거나 흥겹게 노래를 부르는 모습은 상상조차 할 수 없었다.

내가 있는 곳엔 늘 누군가 있었고, 그 누군가가 있는 자리를 나는 조용히 피해 다녔다.

원래는 세수하기를 귀찮아했지만 씻는다는 핑계로 화장실에서 노래를 부르며 비로소 혼자가 되는 즐거움을 누렸고, 몸 상태를 핑계로 베란다에 목욕탕 의자를 갖다 놓고 로댕의 〈생각하는 사람〉처럼 앉아서 생각에 잠긴 채 홀로 남는 시간을 더듬었다.

베란다 1열은 창밖의 풍경을 감상하는 명당자리일 뿐만 아니라 미숙한 나를 만나는 곳이었다. 단 한 명의 관객만 허용하는 특급 베란다 로열석에 앉으면 미처 곱씹지 못한 내 모습들을 햇살에 비춰 볼 수 있었다.

햇살 아래서 나를 만나고, 몇 분 지나면 또 조금 달라진 나를 만날 수 있는 색다른 장소였다.

친구와 다투고 먼저 손을 내밀지 못하는 나 자신에게 한심하게 굴지 말라고 쏘아붙이며 꾸짖다가도, 재능이 없지만 남보다 뛰어나길 바라는 나를 쓰다듬으며 위로했다.

한편으로는 고개를 돌리면 보이는 거실에 앉은 가족들은 이토록 고민이 많은 나를 이해하기 어려울 것만 같아 불쑥 원망스러운 마음이 들고, 괜히 입을 굳게 다문 채 이따금 마주치는 눈을 피하기도 했다.

가족들은 그런 나를 다르게 취급하지 않고 일상으로 다시 불러냈다. 늘 같은 목소리와 말투로 내 이름을 부르며 다정한 손을 내미는 것을 보며 나는 생각했다.

그들을 피해 더 철저히, 더 깊이 고립되어야 한다고.

가족을 등지고 나 혼자 엉엉 울고 싶은데 울 곳이 없어 화장실로 갔던 그 날, 얼마나 울었는지 모르겠다. 밖에서 문을 두드리며 용무가 급하니 빨리 나오라는 성화에 급히 세수만 하고 집 밖으로 도망을 나왔다.

여름 대낮에 걸음마다 이웃과 마주치는 익숙한 터전에서, 비밀스럽게 좌절하고 싶었던 나의 소원은 결국 실패로 돌아갔다.

냉동된 나의 장면들은 그날의 열기를 기억했는지 땀을 흘리듯 순식간에 녹아버렸다. 눈물범벅이 되었던 나처럼 말이다.

그때 눈물이 나는 이유는 여러 가지였지만 눈물을 숨길 수 없는 이유는 하나였다. 혼자 웅크려 외부의 빛과 시선 일체로부터 나를 숨길 작은 방석 크기의 공간, 그것이 없기 때문이었다.

6학년 때 처음 갖게 된 워크맨은 세기말의 학생들 사이에 유행한 휴대용 카세트 플레이어였다. 휴대용 물건이 흔치 않았던 당시, 워크맨은 나만의 취향을 온전히 즐길 수 있는 신문물 중의 하나였다. 이어폰으로 그것이 재생하는 음악을 듣고 있으면 마치 헌법 제10조의 행복추구권과 같은, 고유한 나만의 인권을 보장받는 기분이 들었다.

나는 사춘기에 대해 부모님과 대화를 나눌 기회를 거의 얻지 못했지만, 부모님은 내가 워크맨을 들고 이어폰을 끼고 있는 걸 보며 공공연하게 나의 사춘기가 왔음을 인정하고 받아들였다고 했다.

아무도 없는 곳에 홀로 남고 싶을 때, 그러나 결코 그것이 허락되지 않을 때, 나는 눈을 감고 귀를 닫은 채 철저히 나를 격리시켰다. 그래야만 모습을 드러내는 겁 많은 나를 만날 수 있었기 때문이다.

"창작은 고독을 요한다."라는 메리 올리버의 말을 빌리자면, 아마 나는 무언가가 되기 위해 고독한 공간을 원했던 것 같다.

나를 더듬어 찾는 일은 고독해야 했다. 한겨울에도 베란다에 앉아 추위를 견딜 만큼 자기 파괴적이고, 매일 거울을 보며 여드름을 세는 것처럼 냉혹하며, 모두 잠든 밤을 기다렸다가 홀로 은밀한 일기를 쓰는 것처럼 부지런해야 했다.

나의 세상을 창작하는 고독은, 운 좋게 얻어낸 좁은 방구석에서 눈물과 글 한 페이지를 쏟아내고 나면 조금 후련하게 잠을 잘 수 있는 달콤한 밤을 누리게 했다.

그렇게 하늘에서 떨어지는 꿈을 몇 번 더 꾸고, 일기장을 몇 번 더 바꾸고 나니 방구석에 숨는 날이 점점 줄었다. 어느 선선한 날, 나는 방문을 열고 나와 거울을 보며 비로소 말했다.

"나, 사춘기인가 봐."

낮인 줄 알았던 긴 여름밤이 끝나던 날, 나는 모처럼 웃었고 내 집도, 가족들도 웃었다.

마치 여름 감기처럼 더위 속에서도 유독 외롭고 추웠던 날들에 뒤늦은 안부를 전한다. 나의 아이에게도 찾아올, 열기로 가득한 계절의 고독을 반갑게 맞이할 것이다. 아이가 기꺼이 고독할 수 있도록 응원할 것이며 미숙한 우울을 묵묵히 마주할 것이다.

고독은 그러한 성장과 기다림의 장소를, 그리고 언제든 같은 자리에서 손을 내밀어 주는 마음을 바라기에.

3부 그게 사랑이래요

만두피 쪽지

"지금까지 이런 만두는 없었다!"

퇴근길에 본 적 없던 새 간판이 눈에 띄었다. 새로 차린 만두가게가 문을 열었다. 화환과 번쩍거리는 조명들로 잔뜩 치장한 가게는 크고 굵은 글씨로 현수막을 걸었다. 느낌표가 여럿 박힌 문장이 말하고 있었다.

만두라고 하면 질리지 않고 먹을 자신이 있는 나는 현수막에 답을 하듯 '그럼, 한번 먹어보죠' 하며 가게로 들어섰다.

고기만두, 김치만두, 새우만두, 왕만두. 만두 전문 식당답게 내가 아는 만두는 다 준비해 놓은 것 같은 친절한 메뉴에 일인분만 주문하려던 나는 고기만두 일 인분에 추가로 왕만두까지 주문했다.

거대한 찜통에서 바로 꺼낸 만두는 고기가 많이 들어가서 고소했다. 고기가 잔뜩 들어있고 모양이 큰 걸 좋아하는 나는 누가 만두를 먹자고 하면 늘 고기만두나 왕만두를 찾았다.

어릴 때 집에서 틈만 나면 만들어 먹던 만두는 고기가 적었고, 밥상 위의 경쟁자 또한 많았기에 먹고 싶은 만큼 다 먹을 순 없었다. 그래서 스스로 돈을 벌어 나에게 만두를 사줄 때 고르는 건 늘 고기가 많은 대왕 만두였다.

더 이상 경쟁자에게 만두를 빼앗길 염려가 없으니 천천히 먹고 있는데, 갑자기 살짝 낯선 기분이 들었다.

집에서 할머니가 만들던 만두에 김치를 덜고 고기를 더 넣었다면 이런 맛이었을까.

새삼스럽게 떠오른 촌스러운 가정식 만두와 지금까지 세상에 없었다는 전문가의 만두를 비교하던 나는, 사장님께 만두를 김치와 함께 먹어도 되겠냐고 부탁했다. 사장님이 흔쾌히 한 접시를 내어주신 덕분에 오랜만에 지긋지긋한 집만두를 소환할 수 있었다.

할머니표 김치만두는 정말 김치가 가득 들어가서, 고기가 정말 들어가긴 했는지 지금도 의심스러울 만큼 고기 맛이 거의 나지 않았다. 사실 김치만두라기보다는 만두 모양의 김치 요리라고 하는 게 맞을지도 모를 정도였다. 쉰 김치를 먹어 없애기 위해 만들어진 할머니의 만두는 묵은 재료들 때문에 오래 삶거나 끓여서 쭈글쭈글했지만, 여기서 먹고 있는 전문 가의 만두는 쉰 김치를 넣지 않아서인지 맛이 젊었다.

● ‖ ▶

열 살 때쯤이었던 것 같다. 어느 새벽께 어둑어둑한 부엌에 서 인기척이 느껴져 일어나보니 할머니가 진작부터 일어나 김치를 다듬고 계셨다. 나는 구경하려고 부엌 입구에 자리를 잡고 앉았다.

"할머니, 오늘 만두 해요?"

"일찍도 눈 떴네. 이리 와서 아 해봐."

할머니는 만두에 넣으려고 썰어 놓은 김치 한 조각을 입에 넣어 주었다. 쉬어서 꼬부라진 김치는 할머니의 손을 닮아 있 었다. 할머니는 그 손으로 교실 책상만 한, 대왕 나무 도마를 꺼내더니 그 위에 밀가루 반죽을 무심히 던져 놓았다.

"할미 다리라고 생각하고 부지런히 주물러 봐."

할머니 팔뚝 살을 만지듯 조물조물 반죽을 치대다 보니 손 가락이 좀 아픈 것 같고 얼굴도 괜히 더 간지러웠다. 밀가루가 묻은 손은 이미 얼룩덜룩했다. 아쉬운 대로 손등을 얼굴에 비벼보았다. 반죽 한 번 치대고 얼굴 한 번 닦고를 반복하니 말랑말랑하던 반죽 덩어리에 제법 찰기가 생겼다.

"할머니. 내가 만든 반죽 좀 보세요. 잘했죠?"

할머니의 무른 팔뚝 살이 튼튼한 근육이 된 것 같아 뿌듯해하며 외치는 나를 보고, 할머니는 말없이 고개만 끄덕이며 두부를 으깼다.

할머니는 만두소를 냄비에 가득 담아 거실로 들고 갔다. 나도 반죽을 끌어안고 졸졸 뒤따랐다. 그새 아침이 밝았고 가족들이 깨어나 하나둘 거실로 나오고 있었다.

할머니는 만두피를 손바닥에 올려놓고 그 위에 만두소를 동그랗게 담았다. 손가락으로 하나 둘, 하나 둘, 수를 놓듯 껍데기를 박음질하고 나면 오동통한 만두 하나가 완성되었다.

거실로 나온 식구 여럿이 모여 앉아 만두를 빚었다. 할머니가 하나 먼저 빚어 놓으면 조무래기들이 너도나도 만두피를 집어 들었다. 같은 스승에게 배워도 모양이 천차만별이었다.

"할머니 것은 어찌 그리 만두가 커요?"

"할미가 욕심이 많은가 꽉꽉 눌러 담았지."

"내 만두는 늘씬하지요."

"나는 동그란 왕만두지요."

저마다 손을 내밀며 자기 것을 자랑하느라 바빴다. 이름을 써 놓지 않아도 누가 만든 건지 다 알 수 있었다.

요것들이 생김새는 달라도 속은 다 같아서 옹기종기 모여 보듬고 산다지. 조무래기들은 자기가 만든 걸 제일 앞에 놓겠다고 만두들을 이리 옮기고 저리 던졌다. 그러다 몇몇은 겉에 구멍이 나서 터지고 말았다. 덩달아 울음보가 터지면 할머니는 말없이 만두를 집어 밀가루를 묻혔다. 그렇게 몇 번을 쓰다듬으면 감쪽같이 멀쩡해지고 만두 한 판은 무사히 낙오 없는 한상차림이 되었다.

만두를 빚는 건, 하고 싶은 말을 꾹꾹 눌러 담은 쪽지 접기를 닮았다고 생각했다.

만두피 반죽부터 만두소 재료까지 내가 주고 싶은 거, 모두 담아 감쪽같이 모양을 만들어 '짠'하고 입속에 넣어 주고픈 상상이 드는 게, 꼭 친한 친구에게 전하고 싶은 쑥스러운 말들을 담은 손바닥만 한 쪽지 같았기 때문이다.

만두를 빚을 때면 만두피를 고르는 것부터 소를 얼마나 넣을지, 어떻게 모양을 잡을지, 손끝으로 박음질을 끝낼 때까지 나도 모르게 한바닥 편지를 쓰고 만다. 숟가락에 담은 소가 너무 많아서 만두가 터지거나 모양을 마무리하는 매무새가 엉성해 구멍이 나기라도 하면, 만두는 속을 내보인 채 더는 만두가 아닌 게 되어버린다.

손바닥에서 미처 완성하지 못한 촘촘한 밀가루 쪽지는, 오랜 세월 연습을 해야만 단단해지는 길고 수줍은 장편의 러브 레터 같기도 하다.

수많은 쪽지를 쓰고 지우길 반복했던 만큼, 마음을 담아낸다는 것이 얼마나 어려운 일인지 알고 있다. 김하나 작가가 말했던 "말을 흩어지지 않게 또렷하게 전하는 사람"이 되고 싶어서 편지를 쓰고 쪽지를 건네며 내가 하고 싶은 말들을 담아보려 애썼다.

그러나 마음이란 받는 사람이 잘 받을 수 있게 담아서 주어야 했다. 나는 성격이 급해 빨리 의도를 꺼내 보이거나, 정제하지 않은 채 일방적으로 밀어 넣거나 혹은 너무 많은 단어를 단숨에 뿌리곤 했다. 그럴 때마다 흐트러진 단어들이 흩날렸고, 나는 여전히 마음 담기가 필요한 사람이라는 걸 알게 되었다.

푹 익은 재료를 넣어 만든 할머니의 쪽지는 늘 같은 내용, 같은 맛이었다. 집에 있는 재료들을 알뜰하게 섞은 만두. 특별할 게 없는 무심한 맛처럼 할머니는 만두를 빚는 내내 말이 없었다. 조무래기들이 아무리 수다를 떨어도 말없이 만두만 빚는 할머니는 늘 같은 표정이었다. 그러다가도 만두 하나 내려놓으며 한마디를 툭 꺼내곤 했다.

"만두 이쁘게 접는 걸 보니 우리 손주들은 잘 살겠다. 잘했다. 이쁘다."

숨을 고르고, 종이 접듯, 마음으로 말을 빚어 수줍게 겨우 한마디 건네는 할머니. 가볍지만 선명해서, 한마디면 충분했다.

그때 만두를 더 이쁘게 빚을 걸 그랬다.

나도 만두 하나에 한마디 더 담아서 할머니 줄 걸 그랬다.

"할머니 손주가 이쁘고 잘 사니 할머니도 잘했네. 이쁘네."

"할머니, 오늘 만두 해요?"
"일쩍도눈 떴네. 이리 와서 아 해봐."
할머니는 만두에 넣으려고 썰어 놓은 김치 한 조각을 입에
넣어 주었다. 쉬어서 꼬부라진 김치는 할머니의 손을 닮아 있었다.

3부 그게 사랑이래요

누구든지, 클래식

토요일에도 학교에 가던 시절, 매주 일요일은 우리 집 대청소를 하는 날이었다.

오늘이 아니면 집을 치울 기회는 없다며 할머니가 창문을 모두 열어젖히면 가족들은 각자의 도구를 챙겨 작업을 준비했다.

하기 싫은 티를 팍팍 내며 최대한 느리게 움직이는 나와 다르게, 아빠는 휘파람을 불며 거실 장식장으로 다가갔다. 그곳에는 거금을 들여 산 컴포넌트가 놓여 있었는데, 대청소를 하는 날은 컴포넌트도 일하는 날이었다.

일주일 동안 긴 잠을 자던 컴포넌트는 마치 오늘을 기다린 것처럼 아빠와 눈을 맞추면서 언제 그랬냐는 듯 주황색 불을 밝혔고 냉큼 CD를 삼키며 연주를 시작했다.

아빠의 선곡은 대부분 클래식이거나 팝송이었는데, 가사가 없거나 혹은 알아들을 수 없는 음악이었다. 어차피 그것을 대함에 있어 기대하는 건 노동요 또는 배경음악 정도였고, 나는 우리 중에 그 음악을 이해하고 즐기는 사람은 아무도 없을 거라고 생각했다. 아니, 확신했다.

하루는 가족들과 거실에서 TV를 보던 중, 낯익은 음악이 흘러나왔다. 화면 속에서 교향악단이 클래식 곡을 연주하고 있었다. '어? 내가 아는 멜로디인데?' 나는 머리를 움켜쥐고 제목을 기억해 내려 애썼다. 흥얼거릴 수 있을 정도로 많이 들었던 곡이어서 제대로 아는 척하기 딱 좋은 기회였다.

알 듯 말 듯, 분명히 들어본 가락인데 내가 왜 제목을 봐 두지 않았을까. 끝내 기억해 내지 못하고 끙끙거리니 아빠가 조용히 나만 들을 수 있는 소리로 한마디 툭 내뱉고 갔다.

"요한 슈트라우스, 봄의 왈츠."

뭐지? 음악 지식 제로, 공연 관람 경험 제로, 클래식에 남다른 조예가 있는 것도 아니고, 우리가 고급 문화라고 부르는 고상한 취향과는 전혀 접촉이 없었던 아빠가 이걸 알 리가 없는데.

그때 나는 이 곡이 워낙 유명한 곡이라 아빠가 어디서 운 좋게 제목을 들은 거라고 믿었고, 시간이 흐른 뒤에도 그것을 아빠의 취향이 아닌 우연이라고 믿고 있었다.

나는 사람의 나고 자란 배경이 취향을 결정한다고 믿었다. 그런 믿음은 환경 결정설과 같은 과학적 정설을 근거로 하였고, 그래서 시골에서 자란 사람은 국악을 좋아하고 미국에서 자란 사람은 미국 음악을 좋아하는 게 당연하다고 생각했다. 경험은 그 사람의 생각을 지배하고 그 생각이 취향을 만들 테니까 말이다. 그래서 자연스럽게 아빠의 취향도 50년대생들의 시대적 정서를 담은 오래된 대중가요일 거라 짐작했다.

나는 아빠가 클래식을 틀 때마다 당신이 듣고 싶어 고르기보다는, 수준 높고 고상한 취향을 가지려 애쓰는 것으로 보았다. 평범하고 단순한 배경에 우아한 색을 입히고 싶어 여러 경험을 시도하는 모험가처럼 말이다.

나의 시선은 아빠에게만 머물지 않았다. 아빠가 클래식을 선곡하듯 가족들이 내 기대와 다른 선택을 할 때, 나는 그 선택이 취향이 아니라 결핍에서 오는 것이라고 생각했다.

할머니가 절에 다닌다고 들었던 나는, 문득 할머니가 무료

해 보여 CD를 꺼내 틀었다. 유명한 국악인이 부르는 〈회심가〉
였다. 구슬픈 목소리로 불경 비슷한 것을 외우듯 부르는 노래
였는데, 할머니는 아는 부분은 따라 부르고 또 가만히 듣기도
했다.

　그런 할머니를 보며 역시 나의 선곡은 최고라고, 할머니가
우울할 때마다 이걸 틀면 되겠다고 속으로 우쭐거렸고, 나는
누가 묻지 않아도 할머니는 〈회심가〉를 좋아한다고 말하고
다녔다.

　그러던 어느 날, 라디오에서 어린이 합창단이 부르는 슈베
르트의 〈숭어〉가 흘러나왔다. '거울 같은 강물에 숭어가 뛰노
네…' 마침 아는 가사여서 혼자 흥얼거리는데 할머니가 나를
쳐다보았다.

　너무 시끄럽게 불렀나?

　혼나는 게 싫고 억울할 것 같아서 방으로 들어가려는데 할
머니가 내게 말했다.

　"노래를 더 크게 불러야 할머니 귀에도 이쁘게 잘 들리지."

동창 모임 술자리가 늦게 끝나 아빠를 호출했다. 나를 데리러 온 아빠는 조수석에 앉은 나에게 가는 동안 좀 자라면서 조용히 음악을 틀었다. 어김없이 클래식이 흘러나왔다. 제목을 아느냐고 물으니 아빠가 웃었다.

"제목은 몰라. 모르면 어때."

나는 그 옛날, 의아했던 순간을 떠올렸다.

"근데 아빠, 봄의 왈츠는 어떻게 알고 있었어?"

"아빠도 좋아하는 클래식 제목 하나쯤은 알아 두려고, 그건 딱 기억하고 있었지."

아빠는 또 아는 곡이 떠올랐는지 웃으며 흥얼거렸다. 나는 흘러나오는 곡의 제목을 떠올리는 건 접기로 했다. 작곡가가 누구인지, 그 음악이 어떤 시대에 무슨 의미가 있고 왜 세상에 나오게 되었는지, 외우거나 궁금해하지 않기로 했다.

상관없지 않은가. 클래식을 듣는 데 필요한 건 턱시도나 드레스가 아니었다. 빗자루를 들고 걸레질을 하면서 듣던 왈츠, 손녀가 부르는 콧노래로 넘겨 듣는 가곡, 랄라 멋대로 흥얼거리는 이름 모를 오케스트라 연주곡은 그저 잠시 음악에 젖을 맨몸 하나면 충분했다.

고상하지 못한 우리는 제대로 된 경험과 지식의 위계를 세운다면 귀를 닫고 퇴장해야겠지만, 예술이 아름다운 이유는 조건 없이 관대한 순수에 있다고 믿는다.

음악사를 뒤흔든 소위 음악의 어버이들 혹은 신의 경지에서 완성한 걸작품들이 우리에게 기대하는 화답은, 기립박수가 아니라 뭣도 모른 채 그냥 듣고 싶은 음악을 온전히 듣는 것일 테니.

그렇게 우리는 저마다의 방식으로 음악의 매 순간을 통과하고 있었던 것이다.

'거울 같은 강물에 숭어가 뛰노네…'

마침 아는 가사여서 혼자 흥얼거리는데 할머니가 나를 쳐다보았다.

너무 시끄럽게 불렀나?

혼나는 게 싫고 억울할 것 같아서 방으로 들어가려는데 할머니가 내게 말했다.

"노래를 더 크게 불러야 할머니 귀에도 이쁘게 잘 들리지!"

3부 그게 사랑이래요

붕어빵이 뭐길래

한동안 나는 일부러 집에서 한참 먼 지하철역을 이용했다.

퇴근 시간에 몰려든 사람들을 피해 상대적으로 인파가 적은 지하철을 골라 타다 보니, 집에서 가장 가까운 역은 포기해야 했고 그나마 사람이 적은 역에서 내려 집까지 20분이나 걸어야 했던 것이다.

그러나 적어도 열차 안에서 까치발을 들고 숨을 들이마신 채 물 없는 잠수를 하지 않아도 된다는 점과, 퇴근길은 출근보다 상대적으로 도착 시간의 부담이 적다는 사실은 여유로운 마이웨이를 개척하기에 충분한 이유가 되었다.

집으로 걸어가는 길은 의외로 지루하지 않았다. 시험을 끝내고 교정을 나서는 학생처럼 빨리 걷다가 다시 천천히 걷기도 하고 또 중간에 딴짓을 하며 능장을 부리는 것은, 어쨌든 끝난 하루를 시작하는 퇴근길만의 매력이었다. 그리고 결정적으로 길목마다 마주치는 길거리 포장마차를 구경하는 재미가 쏠쏠했다.

일명 포차 거리에 들어서는 순간 튀기고 굽고 볶는 소리가 들려왔다. 포차마다 매달아 놓은 백열전구 등 아래로 모습을 드러내는 면면을 보아하니 떡볶이에, 어묵에, 각종 튀김, 군밤, 오징어구이, 핫바까지…. 포차들은 겹칠 듯 겹치지 않는 다양한 먹거리를 진열해 놓았고, 갓 차려놓은 밥상처럼 김이 모락모락 나고 있었다.

1평 남짓한 천막에서 홀로 무심하게 작업을 이어 나가는 길거리 셰프는 '궁금하면 와서 먹어보든가'라는 식의 덤덤한 표정을 유지한 채, 자신만의 속도와 자신만 아는 레시피로 무대를 펼치고 있었다.

요리를 이어 나가는 길거리 셰프들의 손놀림과, 걷고 있지만 사실은 완전히 시선을 빼앗긴 사람들의 곁눈질이 맞붙으면 승리는 대부분 거리의 향미를 점령한 예술가의 승리였다.

나는 겨우 살아남은 관중처럼 감탄하며 입맛만 다셨다.

주전부리의 유혹을 뿌리치고 길고 긴 미식 터널을 빠져나왔지만, 집까지 남은 십여 미터 거리의 마지막 코스는 악명이 높았다. 아파트 단지 입구에 주차 영업 중인 붕어빵 트럭이 있는데, 이게 늘 골칫거리였다.

화려한 포차 거리에서도 남다른 정신력으로 단팥과 호두를 사정없이 넣은 마성의 호두과자를 외면했음에도 불구하고, 평소 물고기에 남다른 애정이 있는 것도 아닌데 유독 이 붕어빵 앞에만 서면 나의 지갑은 잠금 해제가 되고 말았다.

재료도 평범하고 특별할 게 없는 붕어빵. 겨우 이런 것이 먹을 것에 진심인 나의 구매 욕구를 자극하는 이유는 무엇일까. 비합리적인 의사 결정이 어이가 없어 행동경제학책을 뒤적거리고 급기야는 붕어빵 트럭 사장님께 비법이 무엇이냐 물으니, 사장님 왈.

"원래 어릴 때부터 먹던 음식이 제일 맛있어요. 나도 아버지가 사 오던 그 붕어빵이 먹고 싶어서 장사 시작했어요."

붕어빵과 어린 시절이라 하니, 내 기억 서랍 가장 안쪽에 넣어둔 한 사람이 떠올랐다.

근엄한 얼굴, 항상 풍겨오던 술 냄새, 구겨진 양복바지에 한쪽 손을 넣고 걷던 모습…. 나의 할아버지다.

할아버지는 술에 잔뜩 취한 날이면 품에 봉투를 안고 왔다. 구겨진 천 원 지폐로 산, 붕어빵 열 개가 담긴 하얗고 큰 봉투였다. 벌겋게 상기된 그의 얼굴과 다르게 빳빳하고 새하얀 봉투 위로 삐쭉 얼굴을 내민 붕어가 보이는 날은, 할아버지도 식구들도 기분이 좋았다. 온 식구가 하나씩, 운이 좋으면 두 마리를 먹으며 꼬리부터 먹을지 머리부터 먹을지, 아니면 그냥 반으로 뚝 접어 한입에 먹을지 치열한 고민만 하면 되는 신나는 날이었다.

허겁지겁 붕어빵을 먹다가 갓 만든 빵의 단팥이 뜨거워 입천장을 데면 붕어빵은 왜 이리 뜨거운 거냐고 묻기도 했지만, 할아버지가 술에 취해서 붕어빵을 사 오는 까닭을 감히 헤아릴 틈은 없었다.

● Ⅱ ▶

집에서 유난히 엄했던 할아버지는 식사 시간 외에는 혼자 방에 머물렀다. 식사 중에 대화를 나누면 시끄럽다고 혼냈기 때문에 할아버지와 대화를 주고받은 기억은 없었다.

할아버지는 준비되지 않은 이른 퇴직을 했다. 그는 생활비를 벌지 못하고 밥을 축내는 무능한 가장이라는 이유로 할머니와 거의 매일 다투었기에, 대부분 화가 나 있거나 술에 취한 얼굴이었다.

격분한 목소리로 한바탕 소동이 벌어지다가도 어떤 날은 나와 동생을 불러 앉혀 알 수 없는, 그러나 매번 똑같은 이야기들을 늘어놓았다.

우리는 할아버지의 일장 연설을 그저 가만히 듣기만 했다. 혀가 꼬여 정확하지 않은 발음인 데다 갑자기 감정에 복받쳐 눈물을 흘리고 결국 그 자리에서 고개를 숙인 채 쓰러져 잠들곤 했기에, 나는 지금도 그때 무슨 이야기를 들었는지 잘 기억나지 않는다.

제발 이야기가 끝나길 기다리던 나는 속으로 할아버지는 참 이상하다고 생각하며 나는 결코 저런 어른이 되지 않을 거라고 다짐했다. 그리고 이런 이야기를 언제까지 들어야 하는지 기약 없는 숫자를 계산했다.

고등학교 1학년이 되던 해에, 나는 그 계산이 틀린 걸 알게 되었다.

5월의 어느 화창한 날, 할아버지는 갑작스러운 지병으로 몇 개월 만에 먼 세상으로 떠났다. 길고 지루한 이야기를 억지로 듣는 일도 더 이상 없었다.

장례를 치르고 남은 가족들은 일상으로 돌아가기 위해 떠난 사람의 자리를 정리했다. 할아버지가 유일하게 남긴 건 그가 대부분 시간을 보내던 안방뿐이었다.

나는 안방 문 앞에 섰다. 한집에 같이 살았지만, 그 방은 여전히 낯설고 무서웠다. 나는 용기를 내어 혼자 그 방에 들어가 앉아서 혹시 남아 있을지 모르는 할아버지의 흔적들을 찾아보았다.

장식장 서랍 두 칸에 가지런히 정리된 그의 개인 문서들과 오래된 시계가 전부였다. 쩌렁쩌렁한 목소리로 식구들을 위압하던, 집안 가장 큰 어른의 마지막 유물치곤 단출했다.

장롱 안에 그대로 정돈된 이불에 얼굴을 가까이 가져가 보았지만, 더는 그의 술 냄새를 느낄 수 없었다. 베개를 두고 앉

던 그의 자리도 말끔히 정리되어 아무것도 놓여 있지 않았다. 정적만 남은 그곳에서 나는 왠지 무서운 마음이 들었다. 뭐라도 소리를 내려고 혼잣말을 중얼거리는 순간, 벽에 부딪혀 메아리처럼 돌아오는 내 목소리를 들었다.

나는 비로소 깨달았다. 그가 벽을 벗 삼아 홀로 얼마나 많은 대화를 주고 받았을지, 왜 우리에게 그토록 같은 이야기만 되풀이할 수밖에 없었는지, 왜 그의 길고 지루한 이야기의 끝이 항상 눈물과 몸을 가누지 못하는 절규여야 했는지.

그의 공간은 홀로 지내기엔 너무 넓었고, 마음에 감춰둔 이야기를 꺼내기엔 너무 어두웠다. 나 또한 밀려오는 공허함을 참지 못하고 창문을 열었다. 그제야 할아버지가 겨우내 투병하며 누워있던 자리에 햇살이 가득 드리웠다.

할아버지가 춥고 어두운 방을 나와 걷기에 적당히 따스한, 금빛 카펫처럼 눈부시게 화창한 봄날은 벽에 스민 메아리들을 부르고 있었다.

할아버지와 나는 같은 집에 살았지만, 결코 같은 계절을 살지 않았기에 어떤 장면에서 자연스럽게 그를 추억하기란 쉽지 않았다. 다만 시간이 갈수록 그가 우리를 떠났다는 슬픔보다는 함께 웃지 못했다는 아쉬움이 커졌고, 무책임하고 고집스러운 가장에 대한 미움보다는 방에 콕 박혀 몰래 낙서하듯 감춰온 그의 이야기가 궁금해졌다.

그건 그가 가끔 사다 준 붕어빵이 몹시 뜨거웠던 이유처럼 '결국 우리는 한 울타리에 살았던 가족이어서'라는, 긴 물음에 대한 대답인지도 모른다.

● ⏸ ▶

제법 바람이 불기 시작하는 날이면 아파트 단지 입구에 노릇노릇하게 구운 붕어빵이 나를 기다린다. 부지런히 움직이는 기계틀 소리와 반죽 익는 냄새에 걸음을 멈춰 몇 개를 사 갈까 고민하다가 이십여 년 전에도 같은 고민을 했을 그를 떠올린다.

쌀쌀한 밤기운에 손을 주머니에 넣다 우연히 잡힌 천 원짜리 지폐 덕분이었을까.

천 원 한 장이 아쉬웠을 그에게 붕어빵이 뭐였길래.

가족들을 그렇게 미워하던 그에게 그까짓 게 뭐길래….

멍하니 붕어처럼 눈만 뻐끔거리는 나에게 사장님이 묵직한 봉투를 건넨다.

"맛있는 거 보면 생각나는 거, 그게 사랑이래요."

그랬다. 내가 붕어빵 앞에서 속수무책이었던 이유는, 힘없이 뚝뚝 끊어 떨어지는 묽은 반죽 같던 할아버지의 말들이 붕어빵 틀에 가지런히 담겨 모양을 찾는 게 좋아서였다. 감히 들여다보지 못했던 천 원짜리 마음이 노릇노릇 구워져 봉투에 담기는 게 좋아서였다.

시대의 유행이 거세게 불어도 공고히 골목을 지킨 이 맛있는 녀석을 나는 여전히 애정한다. 가족의 미소가 그리운 이에게 귀여운 서프라이즈를, 표현이 서툰 사람에겐 고백의 용기를 심어주는 거리의 큐피드. 그리고 자꾸 누군가가 생각나게 만드는 이 고마운 녀석을, 나는 늘 기다린다.

봉투를 안고 가는 내 귓가에 할아버지의 혀 꼬인 말들이 맴돈다. 이제야 그의 이야기가 들리는 듯하다.

할아버지가 울면서 우리에게 했던 말들.

고맙다, 미안하다….

꼬깃꼬깃 접힌 지폐를 만지작거리며 몇 개를 사 갈까, 누가 맛있게 먹을까 떠올렸을 몇 초의 시간은, 먼 궤도를 돌고 돌아 그가 별이 된 지 이십여 년이 흐른 뒤에야 비로소 손녀인 나에게 닿았다.

바람이 부는 선선한 가을이 오면 나는 운동화를 신고 출근한다. 퇴근길 포차 거리를 걸으면 떠오르는 사람들을 더욱 열렬히 생각하고 싶다.

거리를 밝게 채운 포차 등불처럼, 살아간다는 건 온통 꺼지지 않는 그리움이다. 함께 있어도 보고 싶고 떠나도 여전히 그립다. 계속 누군가를 떠나보내야 한다 해도 나는 그들을 끝까지 그리워할 것이다.

거리를 걸으며, 붕어빵을 가득 사 들고.

3부 그게 사랑이래요

환영받지 못한 사람

좀처럼 음식을 남기는 법이 없는 할머니가 국 건더기를 절반이나 남겼다.

　애초에 남길 음식이면 덜고 먹지, 기어이 수저를 넣은 그릇에 남은 밥을 두고 일어서지 않는 할머니. 갑자기 무슨 일이 생긴 걸까.

　"음식이 입에 안 맞으세요? 혹시 어디 편찮으셔요?"

　할머니는 입속에 있는 것들을 겨우 삼키더니 입을 크게 벌리고 말했다.

　"이가 흔들려서 씹을 수가 없어."

　내 기억으로는 아주 오래전부터 할머니에겐 틀니가 있었다. 치과 보험이 생겨나고 여러 의료서비스가 늘어나면서 주기적으로 치과에 갈 수 있는 시대가 됐지만, 할머니는 이 혜택들을 누리기 전에 미처 돌보지 못한 많은 치아를 잃었다. 그나마 성한 치아를 최대한 살려서 틀니를 쓰기 시작했고, 그래서 식사 전에 할머니가 할 일 중 하나는 화장실 한쪽에 씻어 놓은 틀니를 입에 끼우는 일이었다.

다행히 위장의 건강 상태는 양호하여 크게 가리거나 조심해야 하는 음식이 없음을 다행으로 여겼다. 그저 밥상에 올라온 음식을 감사한 마음으로 먹으면 되는 줄 알았다.

항상 불평불만 없이 깔끔하게 식사하셨던 할머니가 어느 날부터 식사량이 줄기 시작했고, 그 이유를 이제야 알게 되었다.

입안을 보여달라 하니 할머니는 마치 아기처럼 입을 벌렸다. 틀니는 없고 그나마 남은 치아 몇 개가 이쪽에 하나, 저쪽에 하나, 이런 식으로 멀뚱히 떨어져 있었다. 틀니는 왜 빼셨냐고 물으니, 틀니를 끼우는 치아가 흔들려서 소용이 없다며 잇몸만 남은 입으로 삐죽거렸다.

가만히 돌이켜 보니 할머니는 최근 단단하거나 질감이 있는 음식에는 수저를 가져가지 않았다. 대신 두부, 달걀과 같이 부드러운 반찬과 국물에 밥을 말아, 씹지 않고 후루룩 삼켰다.

평소보다 천천히 식사하고도 매번 어딘가 불편한지 입을 벌렸다 닫았다 하며 얼굴을 잡아당기듯 희한한 표정을 지었는데, 이 모든 게 흔들리는 치아 때문이었다.

지체할 이유가 없어 할머니를 모시고 치과에 가려는데, 정작 환자는 절대 안 간다고 버티기 시작했다. 그렇게 불편한데 왜 그러시는 건지, 알 수 없는 고집을 꺾으려고 이렇게 구슬리고 저렇게 달래기 시작하는데 '치망순역지'의 정신을 부르짖는 무서운 할머니답게 이가 없으면 잇몸으로 살면 된다고 이까짓 이 하나쯤은 본인이 뽑겠다고 우기는 거다.

문제는 일련의 과정을 지켜보는 사람들에게는 그 모습이 너무도 우스꽝스럽고 애잔해서, 옆에서 지켜보는 것만으로도 매우 신경이 쓰였다는 점이다. 안 그래도 심기 불편한 할머니는 그대로 웅크려 앉아 손으로 이를 붙잡아 흔들기 일쑤였다. 자는 시간 빼고 온종일 흔들리는 이만 붙들고 있는 모습이 꼭 성난, 그러나 이발이 성하지 못해 답답해하는 외로운 맹수 같았다.

도저히 안 되겠다 싶어 할머니에게 간곡히 부탁했다. 제발 병원에 가자고, 돈 많이 드는 거 아니니 걱정하지 말고 가자고, 온 식구가 둘러서서 할머니를 설득했다. 그랬더니 이번에는 무슨 말이 들렸는지 손을 붙잡고 같이 가겠다고 했다.

좀처럼 외출하지 않는 할머니가 큰맘 먹고 나서는 만큼, 우리는 할머니 마음 바뀌기 전에 완벽하게 일을 마무리하겠다는 일념으로 서둘러 집 근처 치과로 모시고 갔다. 혹시나 예약이 다 차버려서 헛걸음할까 봐 미리 외래 진료를 받겠노라 전화까지 해 둔 터였다.

진료를 잘하기로 입소문이 난 치과이니 발치쯤 간단하게 끝내주길 바라며 접수를 하는데, 접수대에 앉은 간호사가 물었다.
"혹시 할머니가 진료받으시는 거예요?"
"네. 조금 전에 미리 전화했던 그 외래 환자요."
나는 할머니의 상태를 간단히 설명하며, 발치만 신속히 끝내면 되지 않냐는 표정으로 대답했다. 그러나 간호사의 표정은 달랐다.

"저, 환자분이 워낙 고령이셔서 말이죠."

고령의 환자여서 진료가 어렵다는 말이었다. 할머니가 들을까 봐 황급히 접수대로 다가가 작은 목소리로 다시 물었다.

"연세가 많아서 진료가 어렵다는 건가요? 의사가 직접 보시고 판단하시는 게 아니고요? 흔들리는 치아만 해결하면 저희는 더 기대하지 않는데도요?"

"워낙 연세가 많으셔서 진료 중에 변수가 많다 보니 좀 어렵게 되었습니다."

"그렇다면 저희 할머니는 어디서 진료를 받을 수 있나요?"

"글쎄요. 그 부분까지는 저희가 안내해 드릴 준비가 되어 있지 않아서요."

나는 순간 치밀어 오르는 화를 누르며 하고 싶은 말을 꿀꺽 삼킨 채 서 있었다. 치과 진료 혜택을 받을 수 없었던 세대에게 이토록 가혹한 차별이라니. 차라리 입안에서 피가 철철 났다면 긴급 상황이니 일단 진료를 해주었을까? 상상해 보았지만, 어떤 식으로든 진료실에서 배제되고 말 거라는 생각이 들었다. 이곳은 더 이상 내가 기대한 의료 현장이 아니었다.

붉으락푸르락 화가 난 내 얼굴을 보고 만 할머니는 실망조차 하지 않고 바로 뒤돌아 나갔다.

"냅두라고 해. 내가 알아서 할게."

그날이 내가 기억하는 할머니의 마지막 외출이었다.

● ❚❚ ▶

"엄마, 왕할머니가 이빨을 자꾸 만지고 흔들어."

아이는 할머니를 보고 기겁을 했다. 할머니는 입을 벌린 채 가제 수건으로 치아를 감싸 쥐고 흔들고 있었다. 몇 개 남아 있지 않은 치아가 훤히 보이는 데다 온종일 그러고 있으니 바라보는 사람들은 불편해 어쩔 줄 몰랐다.

혼자 눈을 감고 도를 닦듯 불경과 흡사한 박자에 맞춰 치아를 만지고 흔들기를 반복하는데, 앙상한 속사정이 흉측하면서도 몇 개 남지 않은 치아로 이제껏 버텨오셨나 못내 안타까워 다들 고개를 돌리고 말았다. 아이는 여전히 왕할머니 주변을 맴돌았다.

그렇게 일주일 가까이 지냈는데, 할머니가 여전히 그러고 계시는가 싶어 들여다보니 이가 빠졌다는 소식을 들었다. 빠진 이 주변이 아주 헐거웠는지 다행히 피도 거의 나지 않았다고 했다. 할머니는 별일 아니라는 듯 쓰레기통에 이를 버렸고, 틀니도 넣어 둔 채 잇몸과 외로운 치아 몇 개로 꿋꿋하게 본인 몫을 드시고 있었다.

나는 이 상황을 대단하다고 해야 할지 어떻게 여길지 고민하다, 그저 다행이라고 말했다. 할머니의 의연함 덕분에 소동이 무탈하게 지나가 다행이면서도, 한편으로는 아무도 해주지 못하는 일들을 아직도 홀로 묵묵히 헤쳐 나가야 하는 현실이 지독하고 무능해서 아팠다.

할머니의 의연함은 손을 내밀 때마다 외면하는 차가운 세상으로부터 배운, 나름 입증된 생존 방식이었다. 그 후에도 할머니는 계절이 바뀔 때마다 찾아오는 잔병마마들을 피하지 못해 앓아눕기 일쑤였다. 몸살에 걸리고 염증에 시달리며 몸을 일으켜 앉지도 못할 만큼 힘들어했지만, 결코 병원에 가지 않았다. 할머니의 고약한 심보가 얼마나 유명한지 대부분의 감기는 약과 할머니의 끈질긴 밥심으로 진정되곤 했다.

그러나 도저히 우리의 판단으로 약을 선택하기 어려운 증상들, 이를테면 한쪽 다리가 퉁퉁 붓거나 얼굴 한쪽이 부어올라 육안으로도 증상이 확인되는 지경에 이르면 가족들이 집에서 할 수 있는 방법은 거의 남지 않았다.

답답한 마음에 119에 전화를 걸어 이런 증상이 있는데 거동이 어려우니 진료를 받고 싶다 문의했지만, 긴급 입원 치료 외에는 선택할 수 있는 진료가 없었다. 재택 치료를 하는 환자에게 의료 혜택은 닿을 듯 말 듯 여전히 멀고 아득했다. 원격 진료 혹은 왕진 진료는 지극히 제한된 소수에게만 허용되었다.

나는 결국 할머니에게 직접 병원에 가야 한다고, 그러지 않으면 정말 큰일 난다고 으름장을 늘어놓으며 협박을 했다. 하지만 아무리 애원해도 할머니는 병원에 가는 것을 거부했다. 치매 망상을 겪고 있으니 병원에 대한 불신을 이해해 보려 해도, 열이 펄펄 나는 응급상황에도 고집을 부리며 병원을 거부하는 건 도리가 없었다.

그건 어쩌면 환영받지 못하는 곳보다 이제껏 해왔듯 당신의 집에서 고독한 싸움을 하겠다는, 할머니만의 고집이었는지도 모르겠다.

지난 주말에도 할머니는 엄마가 차린 밥상을 남기지 않고 말끔히 다 잡수셨다. 엄마는 할머니가 드실 수 있는 재료로 식사를 준비한다. 이가 더 빠지면 잇몸으로 드시도록 새로운 메뉴를 고민할 것이다.

의료 현장에서는 환영받지 못하는 할머니지만, 우리 가족은 말랑말랑한 두부와 몽글몽글한 달걀찜, 푹 익힌 감자 냄새가 고소한 찌개를 끓이며 여전히 할머니를 환영하고 있다.

대단한 의술과 열렬한 사회적 환대는 필요하지 않다. 할머니의 낡은 이가 다 빠져도 우리는 함께 먹고 웃고 지낼 수 있다.

누구나 낡고 헐거운 잇몸과 굳게 다문 입으로도 살아 나갈 수 있기에, 생의 한가운데를 입장하는 묵묵한 걸음을 거절하지만 않으면 우리의 삶은 이어 나가기 충분하다.

4부

함께 살아가는 중입니다

4부 함께 살아가는 중입니다

안부를 묻는 사람들

출근하는 길에 안부를 묻는 동네 이웃들을 만났다.

"할머니를 통 뵐 수가 없어. 어디 많이 안 좋으신 건 아니지?"

"할머니는 괜찮으세요. 식사도 잘 잡수시고요."

"그려, 참 다행이여. 손녀딸이 바로 옆에 사니 얼마나 좋아. 그나저나 우리 막내 손녀도 그 중학교에 입학했어. 후배여, 후배."

이웃들은 먼저 할머니의 안부를 묻고, 당신들의 근황을 전하더니, 급기야는 동네 모든 아이를 내 후배로 만들었다. 이 동네에 살면 그 중학교에 진학하는 게 당연하니까. 그래도 후배라고 콕 집어 말씀하시며 내 어깨를 쓰다듬어 주시는 손길이 귀여워서 나는 기꺼이 맞장구를 쳤다.

벌써 그렇게 컸어요?

그럼요. 제가 선배죠.

저 보면 아는 체 꼭 하라고 하세요. 맛있는 거 사 준다고요.

쓰레기를 버리러 나온 다른 아주머니도 우리를 보더니 쓰레기봉투를 잠시 세워 두고 서서, "그 집 손녀 올해 중학교 갔다며!" 하시더니 한참 여러 사람의 안부를 물었다.

중학교 후배가 생겨서 좋겠다. 그나저나 할머니는 잘 계시냐, 이렇게 일찍 출근하는 거냐….

며칠 전에도 지나가다 인사를 나눈 사이지만 마주칠 때마다 늘 반가운 표정이다. 대본은 없지만 어쩐지 리허설을 한 듯한 대화가 익숙한 나머지, 나는 자동 반사처럼 튀어나오는 대로 대답을 하고 있었다. 나이는 거꾸로 잡수신 거냐, 피부도 어쩜 그리 좋으시냐, 회사에서도 안 하는 특급 칭찬까지 늘어놓고 말았다.

이야기를 더 이어갔다간 회사에 늦을 것 같고 갑작스러운 수다에 밀려 바닥에 덩그러니 서 있는 쓰레기봉투도 안쓰러운 터, 할머니, 엄마, 아빠, 남편, 딸까지 우리 식구 모두 잘 지낸다고 빠르게 브리핑을 마치고 나서야 겨우 자리를 떠날 수 있었다.

그나마 출근길이었기에 이것저것 묻다가도 '어머나, 일하러 가는 바쁜 사람을 이렇게 붙잡았네' 하며 어서 가보라고 하는 것이다. 행여나 갑자기 대화가 깊어지는 바람에 내용이 길어질 것 같으면 나는 자연스럽게 시계가 보이도록 핸드폰을 꺼내 든다. 그러면 질주하던 대화는 급브레이크를 밟으며 어서 가던 길 가라고 손을 놔주지만, 발길을 돌리는 중에도 아침 식사를 꼭 챙겨 먹으라는 당부는 빠지지 않는다. 나는 발걸음을 옮기느라 이미 반쯤 돌아선 몸으로 대강 인사를 하며 아침 식사도 먹은 셈 친다.

밤새 평안했는지 문안 인사를 나누는 아침과 다르게, 저녁은 제법 북적거린다. 일상을 막 끝내고 놀이터 벤치에 앉은 사람, 퇴근하고 집으로 향하는 걸음걸이, 장바구니 가득 저녁거리를 사 들고 누군가를 기다리는 목소리까지, 무사히 오늘을 마친 나의 이웃들이다.

허기진 배를 문지르며 집에 가는 날이면, 머릿속에는 빨리 집에 가고 싶다는 생각뿐이라 오늘의 미션을 '길에서 아무도 마주치지 않기'로 정한다. 경험에 근거하여 탐색한 최적 경로는 아파트 사이사이 틈새 길을 공략해야 한다. 이리저리 들어갔다가 방향을 꺾었다 하는 길은 복잡하지만 꽤 정확하다. '나 혼자 간다' 미션은 대부분 전율과 뿌듯함과 함께 성공적으로 끝나곤 한다.

가끔은 미션을 완료할 수 있음에도 불구하고 일부러 사람이 다니는 길을 택하기도 하는데, 그것은 조금 특별한 이웃을 만나기 위함이다.

● ▐▐ ▶

특별하다는 표현을 쓰는 나름의 이유가 있다. 몇십 미터 뒤에서 보아도 누군지 알아볼 만큼 익숙하고 확연한 뒤태와 엄청난 속도의 걸음걸이, 그리고 지나가는 누구와도 대화를 나누는 극강의 친화력은 그녀만의 특별함이라 말할 수 있다.

동네에서 아는 사람이 가장 많은 '최강 인싸'인 그녀는, 다름 아닌 둥가 할머니다.

그녀는 동네 아기들을 보면 눈이 하트 모양으로 변하며 품에 안고 '둥가둥가 둥가야' 하며 이뻐해 주시는데, 그 둥가둥가 가락은 어디에서도 들어본 적 없는 그녀의 자작곡이어서 자연스레 둥가 할머니라고 불리게 되었다.

둥가 할머니는 이웃 누구에게나 친절했다. 남들 잘 때 못 자는 게 엄청 힘든 거라며 안쓰러운 눈으로 경비실에 요구르트를 갖다주고는, 발길을 돌려 약국, 세탁소, 복덕방까지 동네 사정을 살피고 쓰다듬는 것이 그녀의 일과였다. 이 동네에 처음 방문했거나 늦은 밤에만 드나드는 사람 외에는 남녀노소 불문하고 모두가 그녀를 알았고 그녀도 모두를 아꼈다.

이토록 넓은 스펙트럼을 자랑하는 인싸 할머니의 역사는 아파트가 세워지기 훨씬 전으로 거슬러 올라간다.

그녀는 1960년대에 이 동네에 자리 잡은, 이제는 몇 남지 않은 그 시절의 사람이었다. 피난길 끝에 만난 서울 북쪽의 작은 마을은, 맨땅에 말뚝을 박은 사람들에겐 실질적인 고향이었다.

맨땅에 맨손으로 살림을 일구고 자식을 키우고 또 손주를 보고 어느덧 증손주까지 살뜰히 챙기고 있는 그녀의 부지런한 인생은 나의 할머니를 떠올리게 했다.

실제로 두 사람은 오랜 이웃이었다. 서로의 과거사는 기본이고 숟가락 개수를 포함한 각종 속사정을 아는 터라 많은 것을 묻거나 긴 대답을 하지 않아도 둘의 대화는 물이 흐르는 듯 편안했다.

둥가 할머니는 항상 할머니에게 먼저 다가와 인사하며 말을 걸어 주었고, 말수가 적은 나의 할머니는 그녀의 입을 통해 듣는 동네 이야기가 재미있는지 연실 웃느라 바빴다. 은근슬쩍 자식 자랑을 늘어놓다가도 '그래도 이 집 식구처럼 복이 많을까!' 하며 할머니의 기를 세워주는 언변 덕분에 둘의 이야기는 항상 해피엔딩이었다. 나는 오랜 친구 사이라 하면 자연스럽게 두 사람을 떠올렸다.

할머니가 까먹이 병에 걸린 후에도 둥가 할머니는 오며 가며 할머니 집에 들러 안부를 물었다. 십여 년 전부터 둘의 대화에 자주 등장하는 단어는 죽음이었다.

"어제 방앗간 집 영감이 죽었대. 방금 거길 다녀오는 길이라구."

슬프지 않은 말투로 죽음을, 이별을 말하는 것이 마치 살아 있는 자들 간의 약속인 것처럼, 둥가 할머니는 무너지지 않는 목소리로 태연하게 이야기를 이어 나갔다.

"어쨌든 잘 지내라구."라는 끝맺음으로 두 사람은 무덤덤하지만 묵직한 인사를 나눴다. 나는 그들의 대화를 엿들으며 잘 지내라는 안부가 때론 떠나보내는 아픔보다 더 처연할 수 있음을 알게 되었다.

그런데 어느 날부터 둥가 할머니가 도통 보이질 않았다. 전염병이 전 세계에 퍼진 날부터 이웃과의 방문이 제한되면서 외출이 줄어든 탓이었다. 나의 할머니는 이따금 찾아와 전해 주는 소식통의 부재로, 눈앞에 없는 울타리 밖의 사람들을 하나 둘 잊어버렸다. 그러더니 대뜸 그 할멈이 어제 죽었다고, 눈물조차 흘리지 않으며 허공을 바라보고 말했다.

나는 그게 무슨 소리냐며 아니라고 설명을 했지만, 어제 죽었는데 가보질 못했다고 자기 멋대로 중얼거리는 할머니는 그저 막무가내였다. 눈앞에 보이지 않는, 그러나 생각나는 얼굴들을 할머니는 떠난 사람들이라 여기며 자기만의 방식으로 추모를 하고 있었다.

나는 그 상실을 지켜보며 아직은 마지막일 수 없는 안부를 다시 나눌 때가 된 걸 알았다.

● ‖ ▶

둥가 할머니를 만나지 못했던 이유가 '나 혼자 간다' 미션 때문인가 싶어, 나는 다시 아파트 단지 내 큰길로 다니기 시작했다. 산책하듯 그녀의 자취를 따라 걷는 길이 나쁘지 않았다.

경비실에서 도시락을 꺼내 식사를 하는 경비 선생님, 일층 화단 옆에 앉아 부채질하며 주차에 애를 먹는 운전자에게 '조금 더 뒤로 가도 돼요!'라고 외치는 할아버지, 방금 만들어 뜨끈한 부침개를 접시에 가득 담아 포일로 감싼 채 옆 동 입구로 뛰어가는 아주머니까지, 길 위에서 만난 '잘 지냄'들은 어쩐지 그녀의 손길이 닿은 것만 같아 반가웠다.

경비 선생님들이 이른 새벽부터 부스럭거리며 일하는 티를 내주었으면 좋겠다. 이웃들이 놀이터에서 들려오는 아이들의 함성이 더 컸으면 좋겠다. 요구르트를 가득 들고 내려와 하나씩 나눠주며, 아이들을 꺼안고 '둥가둥가 둥가야' 하며 노래를 불렀으면 좋겠다.

이웃이라는 이름으로 얼기설기 짜인 이 작은 동네는 만남과 이별을 반복한다.

어쨌든 잘 지낸다는, 덤덤하지만 무척 궁금한 안부를 물으며.

4부 함께 살아가는 중입니다

배움을 응원하는 소리

"선생님, 안녕하세요!"

대학생 때 나는 취업을 앞두고 이력서에 적을 그럴싸한 경력이 필요했고, 쉽고 빠르게 경력란을 채울 수 있는 봉사활동을 알아보고 있었다. 마침 한 친구가 자신도 봉사활동을 하고 있는데 일주일간 해외에 나갈 일이 생겨 대신할 사람을 찾고 있다고 말해 주었다.

친구가 소개해 준 일은 모 대학의 평생교육원에서 노인분들께 한글을 가르치는 교육 봉사여서, 특별한 지식이나 기술이 필요하지 않았다. 세상에, 한글 교육이라니. 나는 그보다 쉽고 거저먹는 봉사활동은 없을 거라고, 일주일이면 크게 부담이 없을 뿐 아니라 이력서에 당당히 넣을 수 있겠다 싶어 바로 수락했다.

친구는 주소와 일정만 남긴 채 출국했고 나는 적당히 책을 읽어드리고 나올 생각을 하면서 교실로 들어섰다. 머리가 까만 할머니부터 꼬부랑 할머니까지, 다양한 할머니들이 앉아 계셨다.

"안녕하세요."

내가 교단에 서니 모두 자세를 똑바로 고쳐 앉으신 채 어떤 할머니의 눈치를 보셨고, 그 할머니는 바로 자리에서 일어나 외치셨다.

"차렷! 선생님께 경례!"

반장 할머니의 인사에 맞춰 다 같이 '선생님, 안녕하세요!' 라고 입 맞춘 우렁찬 인사에, 나도 모르게 몸을 90도로 숙이고 인사를 받는 건지 하는 건지 애매모호한 자세로 멈추고 말았다. 나를 제외한 모두가 익숙한 듯 책을 펼쳤고 나는 힐끗 페이지 번호를 확인하며 진도를 이어 나갔다.

내가 문장을 읽으면 모두가 따라 읽는 '읽기 수업'과 단원에서 주로 다루는 단어를 칠판에 쓰면 모두가 판서를 따라 공책에 적는 '쓰기 수업', 그리고 지난 시간에 배운 단원에서 적당한 문장과 단어를 골라 읽으면 각자 공책에 쓰는 '받아쓰기 시간'까지가 그날의 수업 일정이었다.

아이들을 가르치는 과외 아르바이트와 다르게 할머니들과 하는 수업은 매우 활기차게 진행되었다. 선생님보다 에너지와 열정이 넘치는 학생들이 이끌어 가는 수업이었다.

과외 아르바이트는 하기 싫은 얼굴들을 달래고 혼내고 깨우는 '나 혼자 한다'였다면, 이 봉사활동은 학생들이 수업 시작 30분 전부터 와서 기다리고 선생님은 교실에 들어서는 순간 열렬히 환영받는 '다 같이 한다'였다.

"선생님, 이 글자 좀 봐주세요."

그 말에 내가 쪼르르 달려가 맞춤법을 확인하고 민망하지 않게 힌트를 드리면 할머니는 수줍게 말했다.

"어머, 어제는 분명히 제대로 썼는데 여기 오면 꼭 까먹어요. 호호호."

창피할 틈도 없이 깔깔깔 웃음 소리가 흘러 나왔다. 다른 할머니는 어제도 틀렸다고, 오늘은 제대로 배우고 가라며 핀잔을 주며 깔깔깔. 드디어 다 맞았다며 칭찬해 달라는 할머니 말에 다들 손뼉을 치며 또 깔깔깔. 알고 보면 여기는 한글 교실이 아니라 박수 교실이 아닐까 하는 생각도 들었다.

나도 덩달아 몇 달 치 손뼉을 쳤더니, 혈액이 너무 순환하는 바람에 얼굴이 붉게 상기되었다. 손뼉을 치며 아이고 힘들다

는 소리를 연발하던 학생들은, 받아쓰기가 끝나면 변소에 다녀오고 담소를 나누는 시간이 있다며 우르르 모여 화장실로 향했다.

나에게도 항상 화장실 갈 때마다 같이 가자고 끌어내던 친구들이 있었는데. 지금 생각해 보니 시대를 초월한 정서구나, 혼자 고개를 끄덕였다. 조금 늦은 여고 시절을 한 번에 만끽하고 있는 손뼉 치는 소녀들이, 늦게 피어나는 꽃송이 같아서 웃음을 참을 수 없었다.

한글 교실에 남학생은 하나도 없었다. 인정하고 싶지 않지만 그 시절 학교를 갈 수 없어 교문 앞을 서성이던 건 대부분 소녀들이었다는 사실에 괜히 욱하는 마음이 들어 혼자 입술을 깨물었다.

하지만 불끈 솟아오르는 분노는 그저 내 몫이었고, 학생들은 각자 가져온 식혜, 커피 따위의 음료를 꺼냈다.

반장 할머니는 교실 뒤편에 마련한 '곳간' 상자에서 초코파이를 꺼내 한 사람씩 나눠주었다. 선생님은 두 개 드시라며 하나는 봉지를 까서 손에 쥐여 주고 나머지는 내 가방에 쏙 넣는데, 정신 차려 보니 내 앞에 종이컵만 세 개였다. 종류가 다른 음료들이 가득 담겨 나를 쳐다보는데, 안 마시면 안 된다고 깔깔깔 웃고 있었다.

세상 유례없는 한글 수업을 마치고, 나는 이 신기한 경험을 누군가에게 전하고 싶어 집으로 달려갔다. 이야기를 듣던 엄마는 너무 좋은 봉사활동이라고 나를 칭찬했다. 그러다 목소리를 낮추며 혹시 우리 동네에도 그런 프로그램이 없는지 물었다.

"주변에 글 배우고 싶은 어르신이 있어요?"

누가 들으면 안 되는 건가 싶어 되묻는데, 손가락을 입에 갖다 대며 눈을 찡긋거리는 엄마 뒤에 할머니의 뒷모습이 보였다. 순간 할머니가 전단지를 받을 때 한번씩 이게 삼겹살이냐, 얼마라고 쓰여 있냐, 묻던 게 기억났다.

눈이 나빠 읽는 게 힘든 줄 알았던 모든 것들이 사실은 미처 배우지 못한 까닭이라는 걸, 비로소 알게 됐다.

어깨너머 대충 배운 한글로 80년에 가까운 인생을 버텨온 거구나. 수없이 마주하는 글자들을 제대로 읽거나 쓰지 못하는 답답함은 어떤 기분일까. 내가 러시아어나 아랍어로 쓰인 글을 볼 때 그런 느낌이었을까?

숙제하러 간다며 교재와 공책을 야무지게 챙겨서 돌아서던 꼬부랑 소녀들을 떠올리며 흐뭇했던 마음도 잠시. 아직 교실 문밖을 서성이는, 아니, 글을 배우겠다고 선뜻 발걸음을 내딛는 것조차 주저하는 나의 할머니가 참을 수 없이 가엾고 미안한 마음에 가방에 담긴 초코파이를 더 깊숙이 넣어 버렸다.

● ‖ ▶

'배움에는 나이가 없다'는 말이 있다. 그러면서 어른들은 아이들에게 배움에는 때가 있다고 말한다. 뭐가 맞다 틀리다고 하기 좀 그래서, 나는 '배움의 시기는 언제라고 콕 집어 말할 수 없다'라고 해뒀다. 저마다 배우기 적절한 시기는 분명 존재하지만, 또 언제든 배움의 문이 열려 있는 게 사실이니까.

그러나 어떤 배움은 많은 용기가 필요하다. 보이지 않는 높은 문턱이 있다. 그것은 발을 내딛는 방법조차 배우지 못한 기초 교육의 부재였고, 특정 성별과 특정 계층이 누린 시대적 특권이 만든 문화적 공백이었다.

'그런 거 몰라도 대충 사는 데에는 지장이 없다'라는 말로 박탈해 버린 문명의 혜택과 수많은 선택에서의 불리함은 어떻게 그 부당함을 매겨야 할지 모르겠다.

할머니는 한글을 모르기 때문에 수없이 감내해야 했던 차별의 흔적을 때로는 강한 척, 때로는 괜찮은 척, 스스로 만든 굳은살로 감고 또 감아 덮어왔던 거였다.

이후로도 할머니는 모르는 글자가 나오면 잘 보이지 않는다며 뭐라고 쓰여 있냐고 물었고, 나는 아주 큰 소리로 또박또박 읽으며 글자를 다시 쓰곤 했다.

용기가 없는 사람에게도 배움은 공평해야 하니까.

뒤늦게 배움을 시작하는 사람들을 볼 때마다 나는 못난 이유를 찾았다. 할머니가 글공부를 시작하지 못한 건 다 그럴만한 사정이 있었기 때문이라고 할머니를 옹호하며 누구의 잘

못도 아닌 것처럼 말했다.

그러나 내가 방패 뒤에 숨기고 싶었던 건 한 번도 손 내밀지 못하고 외면한 나의 무관심이었다. 할머니를 앞세워 교육적, 문화적 혜택이 닿지 않는 사각지대의 책임을 사회에 물어야 한다고 볼멘소리도 했지만 이내 그만두었다.

대신 바로 지금 여기, 우리 사이에 툭 튀어나온 못생긴 문턱들을 치우며 한글 수업 할머니들과 보냈던 찬란하고 즐거운 순간을 상상한다.

그럴 때마다 깔깔대는 호탕한 소녀들의 웃음과 뭐든 그저 좋다는 꼬부랑 박수 소리, 그리고 내가 써 드린 글자를 중얼거리며 천천히 문턱을 밟는 할머니의 들릴 듯 말 듯 한 낭독 소리가 들려오는 것 같다. 세상의 모든 글자가 손을 내미는 명랑한 소리가 울려 퍼진다.

세상의 모든 배움을 응원하는 그 소리를 들으며, 나도 할머니에게 손을 내밀어 본다.

4부 함께 살아가는 중입니다

⊕

더도 말고 덜도 말고 딱 좋음

할머니의 치매 증상이 심해지면서 엄마는 직장을 그만두고 주방으로 돌아왔다.

25년 넘게 운영하던 가게를 접고 본격적으로 살림을 시작한 엄마가 부딪힌 첫 번째 난관은 '끼니 챙기기'였다.

삼시 세끼 모두 집에서 식사하시는 할머니는 끼니마다 국물을 찾았다. 어쩌다 국이 없는 날은 김치통에 수저를 넣어 꾹꾹 누르며 짜낸 벌건 국물에 밥을 말았다. 그걸 지켜보던 엄마는 저러다 수건을 쥐어짜듯 김치 즙을 말아 드실 것 같다며 국 끓이기 프로젝트에 돌입했다.

국에 맞는 재료를 사서 하나하나 손질을 하는 것부터 시작해서 매번 종류를 바꾸어 준비해야 하는 번거로움과 골치 아픈 간 맞추기까지, 신경 쓸 게 많은 엄마는 아침이면 가스레인지 앞에 한참 서서 국과 전쟁을 벌여야 했다.

국물의 맛은 요리사의 내공과 비례하므로, 엄마의 국 요리는 대체로 싱거웠다. 국에 밥을 한 공기 통째로 넣고 말아 먹는 가족들을 잘 알기에, 오래된 나트륨 사랑을 걱정하는 마음도 한몫했다. 일부러 덜 짜게 먹는 게 대세이니 엄마는 살짝 심심하게 먹어보자고 했다.

"소금 가져와."

국에 냉정한 할머니는 한 입 뜨더니 바로 소금과 간장을 한 숟가락씩 섞었고 엄마는 너무 짜게 드시면 안 좋다고 할머니의 입맛을 문제 삼았다. 그럴 때마다 나는 엄마 편을 들지 할머니 편을 들지 난감했고, 괜히 국그릇만 쳐다보다 김치를 입에 한가득 집어넣으며 '싱겁진 않은데'라는 애매한 평으로 중립을 지켰다.

이제 남은 건 한 사람. 아빠는 국물을 한 숟가락 떠서 맛을 보더니 주저 없이 말했다.

"국물 맛이 딱 좋은데?"

할머니는 아빠의 말은 철저히 무시한 채 국물이 이상하다, 싱겁다는 말을 반복했다. 그런데 아빠도 그에 아랑곳하지 않고 '국을 자주 끓이더니 어제보다 국물 간이 더 좋다'라고 더 크게 이야기하는 게 아닌가. 대놓고 주관적이고 편파적인 평가여서, 나는 직감했다. 식탁에서 아빠는 무조건 엄마 편이라는 것을.

아빠는 늘 그런 식이다. 맛이 어떻게 좋다는 건지 엄마가 다시 물어도 대답은 늘 같았다.

"나는 딱 좋아."

나는 성의 없는 맛 평가를 도저히 참고 들을 수 없어 아빠를 보며 따져 물었다.

"아빠가 솔직하게 대답을 해야 엄마도 요리에 참고하지. 정확히 맛이 어떤 것 같아?"

"아빠는 이게 딱 좋아."

나는 아빠의 대답이 만족스럽지 않았다. 수업 시간에 인간이 혀로 느끼는 미각은 기본적으로 단맛, 쓴맛, 짠맛, 신맛까지 총 4가지로 이루어지며 이것들의 조합으로 다양한 맛을 느끼게 된다고 배웠다. 제대로 된 답을 듣기 위해 나는 기본 미각을 예로 들어 다지선다형으로 질문을 바꿨다.

맛이 ①달달하게 좋다 ②짭짤하게 좋다 ③싱겁게 좋다.

객관식이니 수월하게 선택할 수 있을 텐데도 아빠는 쉬지 않고 국물만 들이켜며 크아, 캬, 따위의 감탄사로 대답을 대신했다. 수많은 맛의 형용사가 있음에도 그저 '좋음'만 고수하는 아빠에게 좋은 맛이란 어떤 맛일까.

나는 미각이야말로 신이 주신 가장 섬세한 선물이라고 믿었다. 세상 모든 것이 혀에 닿는 순간 저마다의 맛을 뿜낸다. 혀에 있는 미각 신경이 보내는 신호와 그 신호를 뇌에서 감탄사와 함께 출력해낸 감정이 만날 때마다 우리는 제법 복잡한 화학적, 철학적 상태를 경험해 왔다.

　어떤 음식은 향기만 맡아도 웃음이 났고 또 어떤 국은 한 숟가락도 넘기기 어려울 만큼 버거웠다. 때로는 맛이라는 게 잘 모르는 많은 단어를 빌려야 할 만큼 깊은 의미를 가져서 말로 설명하기를 단념한 적도 있었다.

　아빠는 일찍이 그런 사정을 알고 마치 무탈한 일상을 날씨에 빗대어 '오늘 하루는 맑음'이라고 쓰듯, 심오한 맛을 만날 때마다 오늘 음식도 '좋음'이라고 말하는 것 같았다.

　나는 아빠의 수사법이 엉망이라고 비난했지만 내심 그 소리가 반가웠다. 딱 좋다는 말과 함께 식사를 시작하면 왠지 모를 편안함을 느꼈다. 식구들은 아빠가 말한, 정체를 알 수 없는 좋은 맛이 궁금해 반찬을 골고루 찾아 먹었다. 나는 구체적으로 뭐가 딱 좋은지 알 수 없었지만, 적어도 엄마의 기분은 딱 좋아 보였다.

사실 아빠는 맛을 탐닉하는 사람이 아니었다. 오히려 어떤 음식도 가리지 않는 잡식가였다. 유독 간단하게 먹는 걸 선호하는 아빠를 보며, 나는 아빠가 미슐랭 가이드를 찾아 읽어 볼 일은 없을 거라고 생각했다.

음식의 맛보다는 조리의 노고를 더 따지는 아빠는, 엄마가 직접 요리를 하는 모습이 고맙고 안타깝고 또 대단하다고 말했다. 엄마가 매일 국을 끓이기 위해 포기한 삶과 식탁을 차리며 기대하는 풍경, 그러면서도 매번 인생이 주는 시련을 거친 덕에 엄마의 국은 점점 더 진하고 구수해졌다고. 아빠는 그 미묘한 맛의 차이를 알지만, 그것을 표현할 수 있는 말로 '딱 좋아'보다 나은 단어를 아직도 찾지 못했다고도 했다.

괜찮다. 맛은 계속 더 진해질 테고 우리는 잘 살아가고 있으니, 더 좋은 단어가 아니어도 충분하다.

지금 이미, 딱 좋다.

4부 함께 살아가는 중입니다

너의 살던 고향은

외국에서 지내는 친구를 오랜만에 만났다.

녀석은 어릴 적부터 동네를 오가며 마주쳤던 오랜 친구였다. 사실 그와 본격적으로 친하게 지내게 된 것은 같은 고등학교에 입학한 이후였지만, 우리의 관계에는 다소 복잡한 배경이 있었다.

우리가 같이 어울리기 전부터 나의 할머니는 그의 할머니와 알고 지내는 이웃사촌이었다. 할머니가 동네에 자리 잡던 시절부터 전해 내려와 엄마를 거쳐 나까지 물려받은 동네 족보는, 그저 같은 동네 주민이라는 고리 하나로 그와 나를 연결함으로써 자동으로 우리를 동네 친구로 만들어 주었다.

이러한 자초지종으로, 우리의 인사는 여타 나누는 안부보다 좀 더 깊숙할 수밖에 없었다. 동생은 잘 있냐, 어머니는 여전히 멋쟁이시냐, 할머니는 잘 계시냐로 시작한 대화는 족보를 한차례 거치고, 아직도 그 동네에 살고 있냐는 얘기로 우회전하곤 했다.

그날은 옛날 목욕탕이 있던 자리 기억나냐, 그 통닭집이 최고였다는 말로 흘러가더니, 자연스럽게 예전 철물점이 있던 자리 근처가 여전히 우리 집이니 여기서 보자고, 만날 약속부터 장소까지 급속도로 정하기에 이르렀다.

녀석은 고등학교 1학년을 마치고 한국을 떠났다. 캐나다로 간다고 했다. 비행기를 타본 적이 없던 나는 지도를 펼쳐 캐나다를 찾아보았다.

멀고 큰 나라로 가는구나.

큰 뜻을 품고 바다를 건너 떠난 녀석은 그곳에서 대학에 진학했다는 소식을 전하며, 어느 순간부터 한국에서 보낸 학창 시절보다 그곳에서 지낸 시간이 더 익숙하다고 말했다. 그럴 때마다 나는 굳이 기억 속 녀석, 우리와 같은 교복을 입고 수업을 듣고 있는 녀석을 불러내곤 했다.

학교를 졸업하고 여러 삶의 관문을 지나며 기억을 붙잡은 손은 조금씩 느슨해졌다. 녀석이 한국에 올 때마다 우리는 제법 어른티를 내며 세련되고 당당한 얼굴이 되어갔다.

캐나다에서 온 귀한 손님을 대접하는 날이면 제법 입소문이 났다는 명소를 찾아다니며, 바로 어제 나눴던 대화를 하듯 자연스럽게 떠들었다.

어른의 표정으로도 숨길 수 없는 앳된 기억들과 장난꾸러기 같은 미소가 떠올라 '그때는 말이야' 하며 밤을 지샜다.

그런데 시내 맛집을 두고 굳이 낡고 후미진 우리 동네에서 보자고 한 건, 그저 동네를 또렷이 기억하는 녀석과 이야기를 하다 반가움에 겨워 충동적으로 저지른 일에 불과했다. 결국 나는 후회하기 시작했다. 녀석의 방문에 부담을 느낀 탓이나.

너의 살던 고향이 내가 사는 동네여서, 혹시 예전과 다르게 너무 변했다면 더 이상 정겨운 고향처럼 느끼지 않을까 봐 걱정되고, 그렇다고 너무 예전 그대로라면 그야말로 촌스럽고 억울했다.

어쩌자고 별것 없는 동네에 떠난 사람을 불렀을까 머리를 콩 쥐어박았지만, 때는 이미 늦었다. 마침 도착했다며 걸어온 전화 속 녀석의 목소리에서, 눈을 감고 자기 집을 찾아가는 놀이를 하는 어린 아이의 들뜬 마음이 느껴졌던 것이다.

"있잖아, 나 여기 진짜 오랜만이야!"

한국을 떠나고 이곳에 다시 온 건 처음이라는 녀석은 상상 이상으로 신난 얼굴이었다. 녀석은 볼품없는 이 동네, 그것도 아파트 단지로 이어지는 어느 작은 골목에 꽂힌 사정을 털어놓았다. 조금 일찍 도착해서 동네를 걷다 우연히 그 골목으로 들어섰는데 순간 옛 풍경이 떠올라 너무 좋았다고. 이 동네에서 유일하게 기억 속 장면을 그대로 간직한 곳이어서, 마치 무엇에 이끌리듯 발걸음이 골목을 향했다고.

녀석이 떠난 뒤 동네에는 많은 변화가 있었다. 오래전부터 계획된 개발의 물결은 한순간에 작은 동네를 삼켰다. 몇 년간의 잠수를 끝내고 떠오른 재개발 구역은 어찌나 광이 나게 문질렀는지, 상가 벽면에 차곡차곡 걸린 간판들이 24시간 내내 쉬지 않고 반짝거렸다. 끝까지 '담배'라고 써 붙인 종이 하나로 고집스럽게 자리를 지키던 구멍가게는 스스로 불을 끄고 동네를 떠났다.

반경 오십 미터 안에 모든 브랜드의 편의점과 유기농 빵집이 들어서니 비로소 동네가 완성되었다며, 이제 좀 서울 어디

같다고 말하는 부동산 실장님은 그 직함답게 비포-애프터를 실감 나게 비교해 댔다.

약간의 과장만 빼면 그 말은 사실이었다. 친구가 떠난 자리는 새로운 사람과 새로운 교복, 새로운 취향으로 젊은 뉴타운이 되었다. 지하철역 건너편에 자리한 그 작은 골목만 빼고.

지하철역에서 일 분만 걸으면 만나게 되는 백 미터 남짓한 골목은 유일하게 재개발에서 제외된 소위 낙후 지역이었다.

다가구 주택이 빼곡하게 자리 잡은 골목은, 남자 고등학생이 마음만 먹으면 거뜬히 뛰어넘을 법한 작은 담벼락을 두고 이삼 층 주택들이 바짝 붙어 있는 곳이었다. 알뜰하게 골목을 나눠 쓴 탓에, 용건이 있을 때마다 바로 창문을 열고 간단한 대화를 나누는 초밀착 이웃 사촌들을 쉽게 목격할 수 있었다.

특히 어느 집이 마음 먹고 프라이팬을 올려놓는 날이면 삼겹살 굽는 냄새가 온 골목에 진동했다. 그런 날 골목을 지나가게 된 사람이라면 서둘러 정육점에 들러 삼겹살을 사 갔을지도 모른다.

조각 난 돌멩이가 굴러다니는 낡은 노면은 비가 오면 부연

물이 고이기 일쑤여서, 뒷굽을 든 채 폴짝폴짝 멀리 뛰기를 해야 했다.

　날이 좋으면 먹지도 않은 음식, 특히 삼겹살 구이 냄새가 옷에 밸까 걱정하고, 비가 오면 멀리 뛰기를 하다가 잘못 착지하여 지렁이를 밟을까 봐 더 크게 폴짝 뛰어올라 또 후다닥, 늘 빠져나가느라 바쁜 이 골목이 벌써 삼십 년째라니. 이 지긋지긋한 골목을 여전히 기웃거리고 있다니.
　녀석의 경쾌한 발길을 부른 건, 투덜거리면서도 여전히 그곳을 지나다니는 나의 괴팍한 심보가 전한 청개구리 같은 텔레파시였는지도 모르겠다.

　일 년에 한두 번은 아끼는 친구들이 이사를 갔다. 그들이 동네를 떠나면 왠지 함께 보낸 시간도 같이 떠나는 것 같아 속상했다. 서운한 마음을 풀 데가 없어 길에 굴러다니는 깡통을 발로 차며 동네 욕을 하곤 했다.
　누가 이런 후진 동네에서 계속 살고 싶겠어.
　더 비싼 동네로 이사한 친구, 교육열이 높은 학군으로 이사한 친구의 소식을 들을 때마다 나는 깨달았다.

고향을 떠나는 것도 운이 따라야 가능하구나.

떠난 자리는 어느새 다른 이름으로 채워지지만, 남은 사람은 지나간 이름을 기억했다. 이사에 서툴고 이별이 어려운 나는 누군가 떠나도 또다시 채우는 장소의 덤덤함을 배우고 싶었다.

그러나 떠난 자리에 무엇을 갖다 두어도 지나간 시간을 대신할 수 없었고, 세련된 세상에 투박한 실뭉치 같은 아날로그 기억을 띄우며 투정을 부리고 싶을 때마다 그 골목을 찾았다.

우리는 잃어버린 물건을 찾는 아이처럼 동네를 구석구석 짚으며 기억을 거닐었다.

'너도 기억해?'로 시작하는 문장들이 오가며 서로의 잔을 채웠고 '맞아, 그랬어'를 반복하며 잔을 부딪쳤다. 어릴 때도 늘 그랬듯 순식간에 밤이 찾아왔다.

동네 친구라는 게 그랬다. 해가 뜰 때 만나 밤에 헤어지고 집으로 돌아가는 사이. 밤 깊은 어른의 대화보다는, 벌건 대낮에 먹고 놀며 주고받는 철없는 대화가 더 어울리는 사이.

우리는 다음에 또 대낮의 골목을 걷기로 하며 마지막 잔을 비웠다. 언제든 같이 거닐 곳이 있다는 게 제법 뭉클해서 혼자 속삭였다. 내가 지키고 서 있는 좌표가 누군가의 노선에 담길 수 있어서 다행이라고. 아직 지워지지 않은 장소와 이름을 간직하고 있다가 귀향객에게 꺼내 보여주는 게 남은 자의 역할이라면, 계속 이곳에 머물며 기꺼이 수행하겠다고.

● ‖ ▶

나는 화창한 대낮에 남은 자의 걸음걸이로 동네를 눈에 담는다. 오랜 시간 기억을 더듬는 사람들의 손길에 닳아버린 장소에는, 어김없이 남은 자들이 붙들고 있는 이름들이 떠돈다.

떠나간 이들, 언젠가 돌아올 이들을 기다리는 골목을 나는 오늘도 걷는다.

조금 일찍 도착해서 동네를 걷다 우연히 그 골목으로 들어섰는데 순간 옛 풍경이 떠올라 너무 좋았다고, 이 동네에서 유일하게 기억 속 장면을 그대로 간직한 곳이어서, 마치 무엇에 이끌리듯 발걸음이 골목을 향했다고,

4부 함께 살아가는 중입니다

쉬어 갈 땐 여기 어때

한때 아파트 경비실 옆에 이름 모를 의자들이 나란히 놓여 있었다.

누군가 식탁을 버리며 같이 내놓은 듯한 원목 의자였다. 슬쩍 보아도 사용감이 느껴지는 흉터들이, 유난스러웠던 밥상 손님들을 떠올리게 했다. 충분히 낡아 보여서 이제 버리려고 내놓은 줄 알았는데, 쓰레기 수거 딱지가 붙어 있지 않아서 그런지 몇 주가 지나도 그곳에 그대로 있는 게 아닌가.

몸집 큰 쓰레기만 쌓이는구나, 생각하던 중 우연히 경비 선생님이 수건으로 의자를 닦는 걸 보았다.

아, 일부러 둔 의자였구나.

그런데 무엇에 쓰는 의자이길래 굳이 경비실 밖에 두었을까.

쓸모를 추측하기 힘든 의자의 존재가 의아했지만 당장 수거해 가지 않으니 일단 놔두고 나중에 중고로 팔려고 그러나 보다 생각하고 지나갔다.

그로부터 얼마 후, 재택근무 날이라 아이의 등굣길을 배웅하러 잠시 나왔다 들어가면서 유치원 등원 차를 기다리는 학

부모들이 경비실 옆에 옹기종기 모여 있는 걸 보았다.

아침마다 간이 정류장이 되는 그곳에는 하루를 시작하는 사람들의 기다림과 기대가 뒤섞여 있었다. 아이들 손을 잡은 사람들은 등원 차량을 기다리는 중인 것 같았고, 배를 쓰다듬으며 천천히 걸어 나오는 사람들은 아침 식사를 마치고 오늘은 어떤 하루일까 설렌 얼굴이었다. 그리고 경비실 옆 의자에는 나이 지긋한 할머니들이 앉아 있었다.

의자를 잘 닦아 놓은 덕분인지 할머니들은 대뜸 의자의 용안부터 살폈다.

"어디서 이렇게 좋은 의자를 샀대요?"

"이사 가는 분이 혹시 필요하냐고 묻길래 냉큼 받았습니다."

경비 선생님은 흠집이 있어도 몸체가 좋아서 참 튼튼하다고, 자기 종아리 근육을 자랑하듯이 의자 다리를 가리켰다.

"오메. 의자가 좋아 보이네. 튼튼한 나무를 써서 만들었구먼."

할머니들은 너도나도 한번 앉아보겠다며, 등원 차를 기다리는 아이들처럼 조르르 줄을 지어 섰다.

그 뒤로 아침의 기다림은 지루한 표정을 하고 있지 않았다. 아이들에게 요구르트를 주는 할머니, 아이들 이름을 모두 외워 끝말잇기를 하는 할머니, 너무 이뻐 죽겠다는 표정으로 그저 웃기만 하는 할머니까지, 미소와 소프라노 발성을 장착한 '의자 부대'는 흡사 방송국에 출근하는 아이돌과 그들을 기다린 팬클럽을 방불케 했다.

'유치원 다녀오겠습니다' 하고 아이들이 차에 올라타면 엄마들은 2배속으로 손을 흔든 뒤 부랴부랴 출근 준비를 하러 돌아갔고, 그들을 지켜보는 의자 부대는 자리를 바로 떠나지 못하고 적막한 아파트 입구에 좀 더 머무르곤 했다. 마치 아파트 주민들의 안녕을 확인하며 지켜보는 것이 의자 부대의 아침 일과라도 되는 듯이.

등원 차량이 조금 늦게 오는 날이면 아이들은 몸을 배배 꼬며 다리 아파요, 앉고 싶어요, 하며 의자 부대 할머니들 무릎에 앉아 엉덩이를 들썩거리고 재롱을 부렸다. 아이들이 가고

난 뒤에도 의자는 많은 사람을 기다리고 있었다. 아파트 단지를 돌보는 청소팀과 야쿠르트 판매원, 가끔 놀러 오는 이웃 아파트의 할머니들까지, 잠시 쉬어 가는 걸음들이 의자에 앉아 숨을 고르며 한번 웃다 간다는 사실이 나는 놀라웠다.

● ❚❚ ▶

　아파트 입구에 처음 놓였던 작은 의자들이 생각난다. 실외 주차장에 자동차보다 사람이 더 많았던, 내가 조금 어리숙했던 시절. 날씨가 좋으면 아주머니들이 돗자리를 깔고 모여 앉아 마늘을 까거나 때로는 누워 낮잠을 청하기도 했다.

　슈퍼마켓은 물건들이 비싸다며 건널목을 서너 번 건너 시장에서 두부를 사 오시던 나의 할머니는 아는 이웃을 만나면 잠시 돗자리에 앉았다. 콩나물이 얼마, 고사리가 얼마, 하며 시세를 공유하다가 수업을 마치고 걸어오는 아이들 속에서 나와 동생을 찾곤 했다.

　멀리서 할머니를 알아보고 곧바로 그 옆에 놓인 검은 봉지를 발견하면, 나는 속에 뭐가 있을까 궁금해하며 슬쩍 돗자리에 앉았다. 그런데 봉지에 두부만 덩그러니 들어있는 걸 보고 입술을 샐쭉거리면, 옆에 앉은 아주머니가 재빨리 눈치채고 '내일은 애기들 소시지 반찬 좀 해주세요' 하며 우리 편을 들어주었다.

그날의 저녁 메뉴를 알 수 있는 곳, 어느 집 누가 콩나물을 좋아하고 누가 고사리를 싫어하는지 알 수 있는 곳, 내일 먹고 싶은 반찬을 힘들이지 않고 따낼 수 있는 그곳은 누구나 머무르다 가는 다정한 터미널이었다.

사람이 앉고 눕던 터미널은 시간이 갈수록 사람이 아닌 자동차들로 채워졌다. 사람들은 집으로 돌아갔고, 각자의 집안을 살피느라 바빴다. 주차장 공간이 조금씩 늘어나더니, 공터라고는 경로당 앞에 놓인 평상밖에 남지 않게 됐다.

그 평상은 원래 동네 할아버지들의 놀이터였다. 삼삼오오 모여 바둑판을 벌이면 길 가던 사람들이 고개를 내밀며 넌지시 훈수를 두었고, 승부에 열이 오른 고수들 사이에 싸움이라도 나면 욕 한 사발 내뱉고 막걸리 한 사발 들이켜는 술상이 이어졌다.

　나의 할아버지도 항상 그 자리에 함께 있었다. 안주가 부족하니 먹을 만한 걸 가지고 오라는 부름에 할머니가 부랴부랴 김치전을 만들어 포일에 싸서 가져가면, 할아버지는 평상 가운데에 김치전을 대충 펼쳐 놓고 그날의 주인이 되어 생색을 내기도 했다. 머물 곳이 마땅치 않은 고독한 어른들은 그곳에서 나그네가 되고 주인이 되었다.

　영감님들의 정거장이라는 별칭답게 이미 고인이 된 할아버지들도 한 번씩은 앉았다 간 그 평상은, 움푹 꺼진 자리가 검버섯처럼 시커멨다. 기사도 구경꾼도 없이 바둑판만 덩그러니 남아서 고물 취급을 받았다. 지금이라도 치울지 말지 고민이라는 관리실 직원의 말에, 혼자 평상에 앉아서 그릇에 담긴 막걸리를 나무젓가락으로 저어 마시던 할아버지가 투덜거렸다.

　"사람 사는 곳에 사람 냄새가 나야지, 안 그럼 죽은 동네가 되는 거여."

아주머니, 할머니들이 모여 앉던 돗자리는 사라졌고 할아 버지들의 담배 때가 묻은 평상도 사라졌다. 냉이 나물을 나눠 주던 봄과, 한 손에 부채를 들고 옹기종기 모여서 수박을 잘 라 먹으며 쉬어 가던 여름, 윤기가 좌르르 흐르는 말린 고추 를 같이 주물러 닦던 가을과, 올해도 참 고생 많았다고 덕담 을 주고받던 겨울도 사라졌다.

안부를 묻지 않아도 안녕을 주고받는 자리도, 두부를 담은 검은 봉지와 막걸리 병도.

● ‖ ▶

그로부터 또 한참이 흐르고, 경비 선생님의 친절함과 의자 부대 할머니들의 활약에 힘입어 아파트 입구는 제법 사람 냄 새 나는 곳이 되었다. 경비실 옆 의자는 두 개에서 네 개까지 늘어났다. 부지런한 사랑은 기다림을 만나 기대에 부응했다.

때로는 그곳에 자주 앉던 아이들이 이사를 나가고 할머니들이 소풍을 떠나기도 했지만, 서른 살이 넘은 아파트의 경비실 옆에는 여전히 다른 사람에게 물려주는 의자들이 차곡차곡 놓이는 중이다. 사람이 사는 곳이라면, 잠시 쉬어 갈 틈이 필요한 누군가는 항상 있으니까.

안부를 묻지 않아도 안녕을 주고받을 수 있는 의자 덕분에, 다시금 이곳은 늘 안녕하다.

"어디서 이렇게 좋은 의자를 샀대요?"

"이사 가는 분이 혹시 필요하냐고 묻길래 냉큼 받았습니다."

경비 선생님은 흠집이 있어도 몸체가 좋아서 참 튼튼하다고,

자기 종아리 근육을 자랑하듯이 의자 다리를 가리켰다.

"오메, 의자가 좋아 보이네. 튼튼한 나무를 써서 만들었구먼."

에필로그

$\oplus$

이상하고 아름다운 할머니 나라

어린 시절 동생과 심심풀이로 하던 철없는 놀이 중 하나는 '좋아하는 가족 순위 정하기'였다. 자기를 제외한 다섯 식구 중 맘에 드는 순서로 이름을 쓰는 것이었다. 이것은 나와 동생 이렇게 둘이서 누릴 수 있는 뒷담화의 결정판이었다. 엄마, 아빠 순서로 이름을 적고, 할아버지와 할머니 중 할머니를 마지막 순위에 올렸다. 무뚝뚝하고 잔소리 많은 할머니에게 후한 점수를 줄 수 없지 않은가.

나는 할머니가 꼴등인 이유를 장황하게 설명했다.

아침부터 자기 전까지 이거 해라, 저거 해라, 여기저기 치워라, 온종일 내게 지적질만 하는 어른.

꼭두새벽부터 밥상 가득 상을 차려놓고 남김없이 다 먹으라 강요하는 주방의 폭군.

그리고 결정적으로는, 나를 눈곱만큼도 예뻐하지 않는 사람이기 때문이라고.

유치한 순위 놀이는 어른이 되어 독립하기 전까지 계속되었다. 도무지 사랑을 주지 않는 할머니에게 내가 저지를 수 있는 소심한 복수였다.

나는 늘 할머니를 순위 끝에 두면서도 복수의 현장을 들키기라도 할까 봐 방문을 닫고 몰래 이름을 적었다. 미움이 탄로 나는 게 무서웠던 걸까. 실컷 할머니 흉을 보고 방에서 나오면 할머니 표정부터 살폈다.

나는 아무것도 모르는 할머니의 표정을 확인하고 태연하게 식탁 주변을 두리번거리며 괜히 어디서 맛있는 냄새가 난다고 말했다. 그러면 할머니는 서둘러 가스레인지에 불을 올렸고 나는 아무것도 들키지 않아 다행이라며 혼자 안도했다.

모든 날이 그런 건 아니었다.

때때로 방문 틈으로 큰 소리가 들려왔다. 할아버지와 할머니의 목소리였다.

됐고, 술상이나 차려!

발음이 명확하지 않은 명령은 술에 잔뜩 취해 있었다.

한심한 꼴 그만 보려면 내가 죽어야지. 억울해서 못 산다.

눈물에 젖은 절규는 사방으로 번졌다.

나는 부부로 수십 년을 같이 산 사람들에게서 사랑의 흔적,

아니 가족이라는 관계의 희망을 찾으려 애썼다. 그러나 사랑이 묻은 단 한 줌의 단서도 찾지 못한 나는, 두 사람이 서로를 이토록 처절하게 미워할 수 있다는 게 놀라웠다.

할머니에게도 좋아하는 가족 순위가 있다면 할아버지는 가장 마지막일거라고 생각했다. 그게 내가 아니어서 다행일 뿐이었다.

나는 할머니가 나를 사랑하지 않는다고 생각했다. 아니, 확신했다. 나와 할머니가 나눈 수많은 단어 속에 '사랑해'라는 말은 없었기 때문이다. 사랑한다는 말이 없는 우리 사이의 침묵이, 공백이 늘 궁금했다.

할머니의 이름을 맨 마지막으로 쓸 때마다, 나는 할머니를 욕한 것이 들킬까 봐 두려운 게 아니었다. 내가 정말 할머니를 미워하게 될까 봐, 할머니가 사랑받지 못하는 사람이 될까 봐, 그게 무서웠다. 낙서 하나로, 그 사람에게 내 미움이 닿을까 봐 두려웠다.

사실 우리는 서로를 아끼고 있다고, 소중하게 지키고 있다고 적을 수 없어서 두렵고 아팠다.

　아낀다는 말.
　사랑한다는 말.
　한 번도 들어본 적 없는 말.
　나는 내게 오지 않은 단어의 힘을 믿지 않았지만, 여전히 궁금했다. 할머니가 내 뒤통수를 향해 툭툭 던지던 말들은 무엇이었을까?
　밥 먹어라.
　그렇게 하니 맨날 아프지.
　말 좀 들어라.
　일찍 자라.
　투박한 단어들 속에 숨은 할머니의 단어는 아플 때 생각나고 외로울 때 귓가에 아른거렸다. 보이지 않고 들은 적 없는 말들을 내 마음속 어딘가에 묻었던 걸까. 바람이 불 때마다 흔들리는 나뭇가지처럼, 마음을 둘 곳이 없이 홀로 서성이는 날이면 할머니가 떠올랐다.

내가 할머니에 대한 글을 쓰기 시작한 것도 그때부터였다. 어떤 단어가 가진 주관적 정의는 결코 사전에서 찾을 수 없었다. 할머니의 '사랑'은 나만 느껴 본 특별한 맛처럼 내 안에서만 완성되는 단어였다.

할머니가 당신만의 언어로 당신의 가장 온전한 세상에서 나를 키웠듯이, 나도 할머니를 나만의 단어로 온전하게 끌어안기로 했다. 때가 묻어 지저분했던 손, 다정하지 않지만 늘 곁을 맴돌며 내게 내밀던 손에서 들렸던 할머니의 소리를 기억하기로 했다.

이 책을 쓰는 순간에도 여전히 할머니는 당신만의 세상에 머물고 있다.

아무도 들어갈 수 없는 할머니의 방.

할머니에게만 들리는 목소리로 불러야 문을 열 수 있는 곳.

삶의 요령이 부족한 내가 실수할 때마다, 부지런히 따라오라며 매일 쌀을 씻어 징검다리를 놓고, 두려워 떨고 있는 내 손을 잡고 걸었던 할머니에게 다가가며 나는 그의 세상 앞에서 문을 두드린다. 어린 시절, 할아버지에게 그랬던 것처럼, 이제 그 문밖에서만 서 있지 않을 것이다.

　가까이 다가서면,
　귀를 기울이면,
　마음이 뜨거워지는 이상한 세상.
　나는 엄마의 엄마라는 다리를 건너 그 세상을 헤아릴 것이다. 그리고 묵묵히 응원할 것이다.

　이상하고 아름다운 할머니의 온전한 세상을 위해.

밥 먹어라.
그렇게 하니 맨날 아프지.
말 좀 들어라.
일찍 자라.
투박한 단어들 속에 숨은 할머니의 단어는 아플 때
생각나고 피로울 때 귓가에 아른거렸다.

엄마의 엄마의 엄마는 이상해

발행일 ㅣ 2023년 10월 11일 초판 1쇄

지은이 ㅣ 헤이란
펴낸이 ㅣ 장영훈
펴낸곳 ㅣ 사유와공감

책임편집 ㅣ 남선희
편집 ㅣ 이연제
사진 ㅣ J.제임스 / 이카루스의 꿈
디자인 ㅣ 디자인글앤그림
인쇄 ㅣ 영신사

등록번호 ㅣ 제2022-000216호
주소 ㅣ 서울특별시 강서구 화곡로 416 17층 1720호
대표전화 ㅣ 02-6951-4603
팩스 ㅣ 02-3143-2743
이메일 ㅣ 4un0-pub@naver.com

홈페이지 ㅣ www.4un0-pub.co.kr
SNS 주소 ㅣ 페이스북 www.facebook.com/saungonggam
　　　　　　인스타그램 www.instagram.com/saungonggam_pub
　　　　　　블로그 blog.naver.com/4un0-pub

사유와공감은 항상 독자 여러분의 아이디어와 원고 투고를 기다리고 있습니다. 책으로 만들고 싶은 원고가 있으시면, 간단한 기획안과 샘플 원고, 연락처를 적어 **4un0-pub@ naver.com**으로 보내 주세요.